COLLECTION FOLIO

Julio Cortázar

La porte condamnée

et autres nouvelles fantastiques

*Traduit de l'espagnol (Argentine)
par Laure Guille-Bataillon*

Gallimard

Ces nouvelles sont extraites du recueil
Fin d'un jeu (L'Imaginaire n° 508).

Titres originaux :
LOS VENENOS
LA PUERTA CONDENADA
LAS MÉNADES
LA NOCHE BOCA ARRIBA

© *Julio Cortázar, 1956 et 1964.*
© *Éditions Gallimard, 1968 et 1993, pour la traduction française.*

Fils d'un consul argentin en Belgique, Julio Cortázar est né en 1914 à Bruxelles mais a passé son enfance et son adolescence à Buenos Aires, en Argentine. Ses premiers écrits sont dans la tradition de Jorge Luis Borges, même si le fantastique y est plus inquiétant comme dans *Bestiaire* en 1951. Exilé pour des raisons politiques, il s'installe à Paris. Enseignant, puis traducteur à l'Unesco, il a vécu plus de trente ans en France, pays dont il a pris finalement la nationalité. Son talent de conteur fait de lui un maître de la nouvelle : en 1956, paraît le recueil *Fin d'un jeu*, puis en 1958 *Les armes secrètes*, et en 1966 *Tous les feux le feu*. Entre rêve et réel, Cortázar expérimente des combinatoires narratives. *Marelle*, en 1963, est construit selon les règles de ce jeu. En 1974, il reçoit le prix Médicis pour son roman *Livre de Manuel* : Manuel est un bébé latino-américain de Paris. Ses parents et leurs amis s'efforcent de lui bâtir un monde plus humain, plus riche, mais surtout plus drôle. Ils lui fabriquent un livre de lecture où se côtoient les informations les plus variées, allant du sinistre à l'insolite, car ces révolutionnaires tiennent avant tout à garder le sens de l'humour... Cortázar prend part au combat politique en signant de nombreux articles sur le Salvador et le Nicaragua. Il est mort à Paris le 12 février 1984.

Julio Cortázar s'impose parmi les plus grands écrivains de la littérature latino-américaine moderne et laisse une œuvre où les convictions côtoient l'onirisme et l'humour.

Découvrez, lisez ou relisez les livres de Julio Cortázar :

LES ARMES SECRÈTES (Folio n° 448 et Folio bilingue n° 35)
CRONOPES ET FAMEUX (Folio n° 2435)
LES GAGNANTS (Folio n° 1345)
LIVRE DE MANUEL (Folio n° 1812)
NOUS L'AIMONS TANT, GLENDA (Folio bilingue n° 84)
ENTRETIENS AVEC OMAR PREGO (Folio Essais n° 29)
FAÇONS DE PERDRE (L'Étrangère)
MARELLE (L'Imaginaire n° 51)
TOUS LES FEUX LE FEU (L'Imaginaire n° 496)
OCTAÈDRE (L'Imaginaire n° 475)
FIN D'UN JEU (L'Imaginaire n° 508)
L'HOMME À L'AFFÛT (Folio 2 € n° 3693)

Les poisons

Le samedi à midi, oncle Carlos est arrivé avec la machine à tuer les fourmis. Il avait dit la veille qu'il nous l'apporterait le lendemain et ma sœur et moi attendions la machine en nous imaginant qu'elle était énorme, qu'elle était terrible. Nous connaissions bien les fourmis de Banfield, les fourmis noires qui dévorent tout, qui font leurs fourmilières sous terre, dans les plinthes ou dans cette partie mystérieuse de la maison qui s'enfonce dans le sol, elles font là de petits trous, bien à l'abri des regards, mais elles ne peuvent pas cacher leurs noires processions qui transportent des brins de feuilles et comme ces feuilles sont celles des plantes du jardin, maman et oncle Carlos ont décidé d'acheter la machine et d'en finir avec les fourmis.

C'est ma sœur, je me rappelle, qui, la première,

a vu arriver l'oncle Carlos, elle l'a aperçu de loin dans la carriole de la gare et elle a couru sur le petit chemin le long du jardin en criant que l'oncle Carlos apportait la machine. J'étais dans la haie de troènes qui borde le jardin de Lila, et je parlais à Lila à travers le grillage, je lui racontais que cet après-midi on allait essayer la machine, ça l'intéressait, mais pas tellement, parce que les filles ne s'intéressent pas aux machines ni aux fourmis, la seule chose qu'elle avait retenue c'est que la machine faisait de la fumée et que la fumée allait tuer toutes les fourmis de chez nous.

Quand j'ai entendu crier ma sœur, j'ai dit à Lila que je devais aider à descendre la machine et j'ai dévalé le petit chemin en lançant le cri de guerre de Sitting Bull et en courant d'une façon spéciale que j'avais inventée, sans plier les genoux, comme si on poussait une balle devant soi. Ça n'est pas fatigant et on dirait presque qu'on vole, pas aussi bien que dans les rêves, évidemment, ces rêves où il me suffisait de lever un peu les pieds, de donner un petit coup de reins et j'étais déjà à un mètre du sol, parfois moins, pas plus de vingt centimètres mais je volais, c'était si merveilleux que ça ne peut pas se raconter, je volais le long de rues interminables, prenant de la hauteur puis revenant à ras de terre, avec la sensation tellement nette d'être éveillé, le seul ennui, dans ce rêve, c'est que je rêvais que j'étais éveillé et que je volais pour de vrai, je rêvais que j'avais déjà rêvé une chose pareille mais que cette fois c'était vrai, et quand je me réveillais c'était comme si je tombais du haut d'un mur, c'est si triste de marcher ou de courir en se sentant toujours tellement lourd, obligé de retomber à chaque pas. La seule chose un peu pareille c'était cette manière de courir que j'avais inventée, et avec mes baskets à semelle de caoutchouc et à bout renforcé pour dribbler, ça donnait un peu l'impression du rêve, quoique au fond ça ne puisse pas se comparer.

Maman et ma grand-mère étaient déjà devant le portail en train de parler avec oncle Carlos et le cocher. Je me suis approché à pas lents parce que parfois j'aime bien me faire attendre, puis ma sœur et moi nous avons regardé le paquet, enveloppé de papier d'emballage et entouré de plusieurs tours de grosse ficelle, que le cocher et oncle Carlos avaient déposé sur le trottoir. J'ai d'abord cru que ça n'était qu'une partie de la machine puis je me suis rendu compte que c'était bien la machine tout entière et elle m'a semblé si petite que j'ai été horriblement déçu. Heureusement qu'en aidant oncle Carlos à la porter j'ai pu constater qu'elle pesait très lourd et ça m'a redonné confiance. J'ai enlevé moi-même les ficelles et le papier pendant que maman et oncle Carlos défaisaient un paquet plus petit qui contenait la boîte de poison ; ils nous ont annoncé tout de suite qu'il ne fallait pas y toucher et que quatre personnes au moins étaient déjà mortes, l'écume aux lèvres, rien que pour avoir touché le couvercle. Ma sœur s'est éloignée parce que ça ne l'intéressait plus du tout et un peu aussi parce qu'elle avait peur mais moi j'ai regardé maman et nous avons éclaté de rire, tous ces discours c'était pour ma sœur, moi, on me la laisserait toucher, la machine, avec le poison et tout.

Elle n'était pas belle, je veux dire que ça n'était pas une machine vraiment machine, avec une roue qui tourne, par exemple, ou un sifflet qui lâche un jet de vapeur. On aurait dit un poêle de fonte noire avec trois pieds recourbés, une porte pour le feu, une autre pour le poison et, en haut, un tuyau de métal, flexible comme le corps des vers de terre, terminé par un tuyau de caoutchouc muni d'un bec. Au déjeuner, maman nous a lu la brochure des instructions et, chaque fois qu'il était question du poison, nous regardions tous ma sœur, et grand-maman lui a répété que trois enfants étaient morts à Flores rien que pour avoir touché la boîte. Nous avions déjà remarqué la tête de mort sur le couvercle et oncle Carlos était allé chercher une vieille cuillère et avait dit qu'elle serait réservée au poison et qu'on rangerait les choses de la machine sur la plus haute étagère de la cabane à outils. Il faisait chaud dehors mais la pastèque était bien glacée et ses graines noires me faisaient penser aux fourmis.

Après la sieste (celle des grandes personnes car ma sœur, pendant la sieste, lisait *Billiken* et moi je classais mes timbres dans le patio) nous sommes tous allés au jardin et oncle Carlos a mis la machine sur la terrasse ronde où l'on suspend les hamacs car c'est là qu'il y a le plus de fourmilières. Grand-maman a préparé de la braise pour le petit four et moi j'ai fait une boue parfaitement lisse en la fouettant à la truelle dans une vieille cuvette. Maman et ma sœur se sont assises sur les chaises en rotin pour bien voir et Lila nous a regardés à travers les troènes jusqu'à ce qu'on lui crie de venir alors elle a répondu que sa maman ne voulait pas mais que ça ne faisait rien, elle voyait quand même. À l'autre bout du jardin, les petites Negri passaient la tête par-dessus le mur, c'étaient de vraies calamités, ces filles, c'est pour ça qu'on ne les fréquentait pas. On les avait surnommées Chola, Cufina et Ela, les pauvres ! Pas méchantes au fond, mais dindes comme pas deux, impossible de jouer avec elles. Grand-maman avait pitié d'elles mais maman ne les invitait plus car ça finissait toujours par des bagarres. Elles voulaient toujours commander et elles ne savaient même pas jouer à la marelle, ni aux billes, ni aux gendarmes et aux voleurs, ni aux naufragés, elles ne savaient que pouffer comme des idiotes et parler de choses qui n'intéressaient personne. Leur père était conseiller municipal et ils élevaient des Orpington rousses ; nous, on avait des Rhode Island, qui sont bien meilleures pondeuses.

La machine paraissait plus grande maintenant, tellement sa couleur noire ressortait au milieu de la verdure du jardin et des arbres fruitiers. Oncle Carlos y a mis les braises et, tandis qu'elle chauffait, il a choisi une fourmilière et y a enfoncé le bec du tuyau ; moi, j'ai répandu de la boue par-dessus et je l'ai tassée avec mes mains mais sans trop appuyer pour éviter que les galeries ne s'effondrent, comme disait le prospectus. Puis mon oncle a ouvert la petite porte du four à poison et il est allé chercher la boîte et la cuillère. Le poison était violet, une couleur très belle, il fallait en mettre une grande cuillerée et refermer la porte aussitôt. À peine l'avait-on versée qu'on a entendu comme un sifflement et que la machine s'est mise en marche. C'était formidable, une épaisse fumée blanche s'élevait autour du bec et il a fallu étendre encore de la boue et bien la tasser avec les mains. « Elles vont toutes mourir », a dit mon oncle qui était très satisfait de la manière dont la machine fonctionnait ; je suis allé me poster à côté de lui, les mains pleines de boue jusqu'aux coudes, c'était, évidemment, un travail d'hommes.

— Pendant combien de temps faut-il enfumer chaque fourmilière ? a demandé maman.

— Au moins une demi-heure, a répondu l'oncle Carlos. Il y a des galeries qui vont très loin, bien plus loin qu'on ne pense.

Moi, je croyais qu'il voulait dire deux ou trois mètres, il y a tant de fourmilières dans le jardin que chacune ne peut pas être très longue. Mais juste à ce moment-là, nous avons entendu la Chola crier, de cette voix qu'on pouvait entendre de la gare, et toute la famille Negri a rappliqué au jardin en disant que de la fumée sortait d'un carré de laitues. D'abord j'ai eu peine à le croire mais c'était vrai, Lila m'a averti à travers les troènes que de la fumée sortait aussi dans son jardin, sous un pêcher, et oncle Carlos a réfléchi un instant puis il est allé vers le mur des Negri et il a demandé à la Chola, qui est la moins flemmarde des trois, de mettre de la boue là où sortait la fumée et moi, j'ai sauté dans le jardin de Lila et j'ai bouché la fourmilière sous le pêcher. La fumée sortait maintenant de plusieurs coins à la fois, dans le poulailler, près de la porte blanche et au pied du mur du fond. Maman et ma sœur nous aidaient à mettre de la boue partout, c'était formidable toute cette fumée sous la terre qui essayait de sortir et, dans la fumée, toutes les fourmis qui écumaient et se tordaient comme les trois enfants de Flores.

Cet après-midi-là, nous avons travaillé jusqu'à la nuit et nous avons envoyé plusieurs fois ma sœur demander aux voisins s'il ne sortait pas de la fumée dans leur jardin. La machine s'est éteinte à la nuit tombée et quand j'ai eu retiré le tuyau de la fourmilière, j'ai creusé un peu avec la truelle et j'ai vu que la petite grotte était pleine de fourmis mortes et que l'intérieur était violet et sentait le soufre. J'ai jeté de la terre dessus comme dans les enterrements et j'ai calculé que cinq mille fourmis au moins devaient avoir péri dans l'opération. Tout le monde était rentré, c'était l'heure d'aller prendre son bain et de mettre le couvert, mais oncle Carlos et moi nous sommes restés encore un moment dehors pour nettoyer la machine et la ranger. Je lui ai demandé si je pouvais porter toutes les choses dans la cabane aux outils et il m'a dit oui. Comme on ne sait jamais, je me suis lavé les mains après avoir touché la boîte et la cuillère, bien qu'on ait nettoyé la cuillère auparavant.

Le lendemain c'était dimanche et tante Rosa est venue nous voir, avec nos cousins, et toute la journée on a joué aux gendarmes et aux voleurs avec Lila qui avait eu la permission de venir. Le soir, tante Rosa a demandé à maman si mon cousin Hugo pouvait rester à Banfield toute la semaine car il était un peu fatigué depuis sa pleurésie et il avait besoin de bon air. Maman a dit bien sûr, et nous étions tous très contents. On a mis dans ma chambre un lit pour Hugo et, le lundi, sa bonne est venue apporter ses vêtements pour la semaine. Nous prenions notre bain ensemble et Hugo savait plus d'histoires que moi mais il ne sautait pas aussi loin. On voyait bien qu'il était de Buenos Aires, dans sa valise il y avait aussi deux livres de Jules Verne et un autre de botanique parce qu'il avait à préparer son examen d'entrée au lycée. Dans un des livres il y avait une plume de paon, c'était la première fois que j'en voyais une, il s'en servait comme signet. Elle était verte avec un œil bleu et violet, tout éclaboussée d'or. Ma sœur a demandé à Hugo de la lui donner mais il a répondu qu'il ne pouvait pas, c'était un cadeau de sa mère. Il ne la lui a même pas laissé toucher mais moi oui parce qu'il avait confiance en moi et que moi je la prenais par la tige.

Les premiers jours, comme oncle Carlos travaillait à son bureau, nous n'avons pas fait marcher la machine ; j'avais bien dit à maman que, si elle voulait, je pouvais l'allumer tout seul mais elle m'a répondu qu'il valait mieux attendre samedi et que, d'ailleurs, on voyait moins de fourmis qu'avant.

— Il y en a bien cinq mille de moins, lui ai-je dit.

Elle a ri mais elle a reconnu que j'avais raison. Tant mieux, au fond, qu'on ne m'ait pas laissé allumer la machine, Hugo aurait voulu s'en mêler, il est de ceux qui savent tout mieux que les autres et ouvrent toutes les portes pour voir. Et surtout avec ce poison, il valait mieux qu'il n'ait pas à m'aider.

À l'heure de la sieste on nous envoyait dans nos chambres parce qu'on avait peur que nous attrapions une insolation. Ma sœur, depuis que Hugo jouait avec moi, venait toujours nous rejoindre et elle voulait toujours jouer avec lui. Aux billes, je les gagnais facilement, mais au bilboquet, Hugo, je ne sais pas comment, savait tous les trucs et je perdais à tous les coups. Ma sœur passait son temps à vanter ce qu'il faisait et je devinais qu'elle aurait bien voulu l'avoir pour fiancé, elle aurait mérité que je le dise à maman, elle n'aurait pas volé une bonne paire de claques, seulement, je ne savais pas quoi dire à maman, ils ne faisaient rien de mal. Hugo se moquait d'elle en douce, et moi, à ces moments-là, je l'aurais bien embrassé, mais c'était toujours au milieu d'un jeu et pas question d'embrassades à ces moments-là, il s'agissait avant tout de perdre ou de gagner.

La sieste durait de deux heures à cinq heures, c'était le meilleur moment pour être tranquille et faire ce qu'on voulait. Hugo et moi, on passait les timbres en revue et je lui donnais ceux que j'avais en double, je lui apprenais à les classer par pays, et il avait l'intention de faire, l'été suivant, une collection comme moi mais seulement avec les timbres d'Amérique. Ça supprimait malheureusement ceux du Cameroun qui ont des animaux mais Hugo prétendait que les collections ont plus de valeur comme ça. Ma sœur lui donnait raison, elle qui ne sait pas reconnaître si un timbre est à l'endroit ou à l'envers, mais c'était pour le plaisir de me contredire. Heureusement, Lila, qui nous rejoignait vers trois heures en sautant à travers les troènes, prenait mon parti et disait qu'elle aimait beaucoup les timbres d'Europe. Une fois, je lui avais donné une enveloppe pleine de timbres tous différents les uns des autres et elle me le rappelait souvent, son père voulait l'aider à commencer une collection mais sa mère disait que ça n'était pas une occupation pour les filles et que c'était plein de microbes, aussi elle avait enfermé l'enveloppe dans un placard.

Pour ne pas être grondés à cause du bruit, on filait au fond du jardin dès que Lila arrivait et on allait s'étendre sous les arbres fruitiers. Les petites Negri étaient dans leur jardin, elles aussi, et je savais qu'elles étaient folles de Hugo toutes les trois, elles se parlaient à tue-tête de cette voix nasillarde qu'elles avaient et la Cufina passait son temps à demander : « Mais où est donc ma corbeille à ouvrage avec mes pelotes ? » et Ela lui répondait je ne sais plus quoi, alors elles se chamaillaient, mais exprès, pour se faire remarquer. Heureusement que de ce côté-là les troènes étaient très épais et qu'on ne voyait pas grand-chose parce que nous, avec Lila, on était morts de rire rien que de les entendre. Hugo, lui, se pinçait le nez et criait : « Mais où est donc ma bouilloire pour le maté ? » Alors, la Chola qui était l'aînée disait : « Qu'est-ce qu'il y a comme gens grossiers cette année par ici », et nous, on se fourrait de l'herbe dans la bouche pour ne pas hurler de rire car il ne fallait surtout pas leur donner prise mais plutôt les laisser sur leur faim, comme ça, après, quand elles nous entendaient jouer au ballon chasseur, elles bisquaient bien plus et elles finissaient par se disputer tellement entre elles que leur tante, à la fin, sortait, leur tirait les cheveux et que toutes les trois rentraient en pleurant.

Moi, j'aimais bien avoir Lila comme partenaire

dans les jeux, c'est plus drôle qu'entre frère et sœur. D'ailleurs, ma sœur prenait tout de suite Hugo comme compagnon. Lila et moi, on les battait aux billes, mais Hugo préférait gendarmes et voleurs et il fallait toujours faire ce qu'il voulait, c'étaient des jeux très bien d'ailleurs, l'embêtant c'est qu'on ne pouvait pas crier et les jeux où l'on ne crie pas, c'est moins bien que les autres. Quand on jouait à cache-cache, c'était toujours à moi de compter, je ne sais pas pourquoi ils gagnaient à tous les coups et touchaient le but l'un derrière l'autre.

Vers cinq heures, on voyait apparaître grand-maman qui nous grondait parce que nous étions en sueur, nous étions restés trop longtemps au soleil, mais nous la faisions rire et nous l'embrassions, même Hugo et Lila qui n'étaient pas de la maison. J'avais remarqué que grand-maman, ces jours-ci, allait souvent dans la cabane à outils, sans doute avait-elle peur que nous touchions la machine ou la boîte. Mais pas de danger, après ce qui était arrivé aux trois enfants de Flores, sans compter la fessée qu'on aurait récoltée.

J'aimais rester seul parfois et, dans ces moments-là, je ne souhaitais même pas la présence de Lila. Surtout le soir un peu avant que grand-maman ne vienne, en peignoir blanc, arroser les plates-bandes. À cette heure-là, la terre n'est plus aussi chaude et les chèvrefeuilles se mettent à sentir très fort et aussi les rangées de tomates entre leurs rigoles où il y a des insectes comme on n'en voit pas ailleurs. J'aimais me jeter à plat ventre et respirer la terre, j'aimais la sentir sous moi, chaude avec son odeur d'été, d'un été si différent de tous les autres. Je pensais à beaucoup de choses mais surtout aux fourmis, depuis que j'avais vu comment les fourmilières étaient faites, je pensais aux galeries qui s'étendaient et se ramifiaient un peu partout sous terre et que personne ne voyait. Comme les veines dans mes jambes, qu'on distinguait à peine sous la peau mais qui étaient pleines de fourmis et de mystères qui allaient et venaient en tous sens. Si on avalait un peu de poison ça devait faire le même effet que la fumée de la machine, le poison se répandait dans les veines du corps comme la fumée sous terre, il n'y avait pas grande différence.

Mais bientôt j'en avais assez d'être seul et d'étudier les insectes des tomates. J'allais jusqu'à la porte blanche, je prenais mon élan et je partais à fond de train comme Buffalo Bill, en arrivant devant le carré de salades, je le sautais d'un bond sans toucher le bord du gazon. Hugo et moi nous nous exercions à tirer à la cible avec la carabine à air comprimé ou bien nous nous balancions dans les hamacs quand ma sœur et parfois Lila venaient nous rejoindre après leur bain, habillées de propre. Puis Hugo et moi nous montions nous baigner nous aussi et, à la tombée de la nuit, nous allions tous nous amuser sur le trottoir ou alors, tandis que ma sœur jouait du piano dans le salon, on s'asseyait sur la balustrade de la terrasse et on regardait passer les gens jusqu'à ce que l'oncle Carlos arrive, alors on courait à sa rencontre pour lui dire bonsoir et voir en même temps s'il ne rapportait pas un paquet avec une ficelle dorée, ou un illustré. C'est justement une de ces fois-là que Lila a trébuché sur une pierre et s'est fait mal au genou. Pauvre Lila, elle ne voulait pas pleurer mais les larmes coulaient malgré elle et je pensais à sa mère qui était si sévère et qui allait sûrement la traiter de garçon manqué et tout, Hugo et moi on lui a fait la petite chaise et on l'a portée au fond du jardin, près de la porte blanche, pendant que ma sœur allait en cachette chercher du coton et de l'alcool. Hugo, pour se rendre intéressant, voulait la soigner, et ma sœur aussi pour être avec Hugo mais je les ai écartés en les poussant assez fort et j'ai dit à Lila de ne pas avoir peur, que ça ne durerait qu'une seconde, qu'elle pouvait fermer les yeux si elle voulait. Mais elle a refusé et pendant que je lui passais l'alcool elle a regardé fixement Hugo comme pour lui montrer qu'elle était courageuse. J'ai soufflé bien fort sur la blessure et avec la bande que j'ai mise après, ça faisait très bien, elle n'avait plus mal du tout.

— Il vaut mieux que tu rentres chez toi tout de suite, lui a dit ma sœur, comme ça ta maman ne se fâchera pas.

Quand Lila a été partie, j'ai commencé à m'ennuyer ferme entre Hugo et ma sœur qui ne parlaient que d'orchestres typiques, Hugo racontait un film qu'il avait vu et il sifflait les airs de tango pour que ma sœur les joue au piano. Je suis monté dans ma chambre chercher mon album de timbres mais je n'arrêtais pas de penser à Lila qui allait se faire gronder par sa mère, qui était peut-être en train de pleurer et dont la blessure pouvait s'infecter comme il arrive si souvent. Comme elle avait été courageuse au moment où je lui passais l'alcool, comme elle regardait Hugo sans pleurer ni baisser les yeux !

Le livre de botanique de Hugo était sur la table de nuit et la tige de la plume de paon dépassait un peu entre les pages. Puisqu'il me la laissait regarder d'habitude, je l'ai tirée avec précaution et je me suis approché de la lampe pour bien la voir. Je crois que c'était la plus belle de toutes les plumes du monde. On aurait dit ces ronds de couleur qui apparaissent sur les flaques de pluie mais ça ne pouvait pas se comparer, elle était beaucoup plus jolie, d'un vert brillant comme ces bestioles qu'on trouve sur des abricotiers et qui ont deux longues antennes avec une petite boule poilue à chaque bout. Sur la partie la plus large et la plus verte s'ouvrait un œil bleu et violet, tout saupoudré d'or, quelque chose d'inimaginable. Je comprenais soudain pourquoi on appelait le paon l'« oiseau royal » et plus je regardais la plume, plus il me venait des idées étranges, comme dans les romans, j'ai même fini par la remettre vite dans le livre, sans ça je l'aurais volée, ce qui était impossible. Et Lila qui pensait peut-être à nous en ce moment, seule dans sa maison (si sombre, avec des parents si sévères) pendant que je m'amusais avec la plume de paon et les timbres. Il valait mieux ranger tout ça et penser à la pauvre Lila si courageuse.

Le soir, j'ai eu du mal à m'endormir, je ne sais pas pourquoi. Je m'étais mis en tête que Lila n'était pas bien et qu'elle avait de la fièvre. J'aurais voulu demander à maman d'aller voir sa mère mais ça n'était pas possible, d'abord Hugo se serait moqué de moi et ensuite maman se serait fâchée qu'on lui ait caché la blessure. J'ai essayé de m'endormir je ne sais combien de fois mais je n'y arrivais pas et à la fin j'ai pensé que le mieux ce serait d'aller moi-même le lendemain matin chez Lila pour voir comment elle allait ou bien je l'appellerais à travers les troènes. J'ai fini par m'endormir en pensant à Lila et Buffalo Bill et aussi à la machine à fourmis, mais surtout à Lila.

Je me suis levé avant tous les autres le lendemain matin et je suis allé dans mon jardin qui est près des glycines. Mon jardin, c'est une plate-bande pour moi tout seul que grand-maman m'a donnée pour y planter ce que je voudrais. D'abord, j'y avais semé de l'alpiste pour les oiseaux, puis des pommes de terre, mais maintenant j'aimais les fleurs et spécialement mon jasmin du Cap, celui qui a l'odeur la plus forte, surtout la nuit, et maman disait toujours que mon jasmin était le plus beau de tous. J'ai creusé doucement avec ma bêche tout autour du jasmin, qui était la plus belle chose que je possédais, et je suis arrivé à le sortir de son trou avec toute la terre collée à ses racines. Puis j'ai appelé Lila qui était levée elle aussi et qui n'avait presque plus rien à son genou.

— Hugo s'en va demain ? m'a-t-elle demandé, et je lui ai répondu oui, il avait des cours à suivre à Buenos Aires pour l'examen d'entrée au lycée.

Je lui ai dit aussi que j'avais quelque chose pour elle, elle m'a demandé ce que c'était et alors je lui ai montré mon jasmin entre les troènes en lui disant que je le lui offrais et que, si elle voulait, je l'aiderais à faire un jardin pour elle toute seule. Lila s'est écriée que le jasmin était très beau et elle est allée demander à sa mère la permission de le planter et moi, j'ai escaladé les troènes pour l'aider à faire son jardin. On a choisi une petite plate-bande, on a arraché les chrysanthèmes à moitié secs qu'il y avait, puis moi je me suis mis à bêcher et à donner une autre forme à la plate-bande, et après, Lila m'a indiqué l'endroit où elle voulait mettre le jasmin, et c'était juste au milieu. Je l'ai planté, nous l'avons arrosé avec son arrosoir et ça a fait un beau jardin. Je n'avais plus qu'à me procurer un peu de gazon mais ça ne pressait pas. Lila était très contente et sa blessure ne lui faisait plus mal du tout. Elle voulait que Hugo et ma sœur viennent tout de suite voir ce que nous avions fait et je suis parti les chercher, mais maman m'a appelé juste à ce moment-là pour le petit déjeuner. Les petites Negri se disputaient dans leur jardin et la Cufina glapissait, comme d'habitude. Je ne sais pas comment elles pouvaient se disputer par un matin aussi beau.

Hugo devait repartir à Buenos Aires le samedi soir et moi finalement j'étais assez content parce que oncle Carlos ne voulait pas allumer la machine ce jour-là et préférait attendre le dimanche. Au fond, il valait mieux être seuls, lui et moi, si jamais Hugo s'était empoisonné…

Il m'a manqué un peu ce soir-là, je m'étais habitué à l'avoir dans ma chambre, il savait tant de contes et d'aventures par cœur. Pour ma sœur c'était encore pire, elle errait dans la maison comme une âme en peine, et quand maman lui a demandé ce qu'elle avait elle a répondu : rien, mais en faisant une telle tête que maman l'a regardée un instant puis s'en est allée en disant qu'il y en avait qui se prenaient pour de grandes personnes et qui ne savaient même pas encore se moucher seules. Je trouvais que ma sœur se conduisait vraiment comme une imbécile, quand je pense que je l'ai surprise en train d'écrire le nom de Hugo à la craie de couleur sur le mur de la cour. Elle écrivait le nom, puis l'effaçait puis le récrivait d'une autre façon et d'une autre couleur, tout ça en me regardant du coin de l'œil, et après elle a même fait un cœur percé d'une flèche et je suis parti pour ne pas lui envoyer une paire de claques ou ne pas aller le dire à maman. Pour comble de malchance, Lila était rentrée très tôt chez elle ce soir-là en disant que sa mère ne la laissait plus rester longtemps depuis qu'elle s'était fait mal au genou. Hugo lui a dit qu'on venait le chercher à cinq heures, et pourquoi est-ce qu'elle ne restait pas jusqu'à son départ ? mais Lila a dit qu'elle ne pouvait pas et elle est partie en courant sans même dire au revoir. Aussi Hugo a-t-il été obligé d'aller chez eux pour prendre congé d'elle et de sa mère et quand il est revenu nous embrasser il était tout content et il a dit qu'il reviendrait à la fin de l'autre semaine.

Cette nuit-là, je me suis senti un peu seul dans ma chambre mais, d'un autre côté, c'était agréable de savoir que tout était de nouveau à moi et que je pouvais éteindre la lumière quand je voulais.

Le dimanche en me réveillant, j'ai entendu maman parler à M. Negri par-dessus la clôture. Quand je me suis approché pour dire bonjour, M. Negri était en train de se plaindre parce que dans la plate-bande où était sortie la fumée le jour où nous avions essayé la machine, toutes les laitues se flétrissaient. Maman a répondu que ça l'étonnait beaucoup parce que le prospectus disait que le produit était sans danger pour les plantes, mais M. Negri a répondu qu'il ne fallait pas s'y fier, c'est comme pour les médicaments, quand on lit le prospectus ça doit tout guérir et puis, aussi bien, on finit entre quatre cierges. Maman lui a demandé si ce ne serait pas plutôt une de ses filles qui aurait jeté sans faire exprès une eau de lessive sur les laitues (mais moi j'ai bien vu qu'elle voulait plutôt dire « en faisant exprès » tellement elles étaient chicaneuses et cherchaient la dispute). M. Negri a répondu qu'il allait les interroger mais que si c'était la fumée qui faisait mourir les plantes, ce n'était pas la peine de se donner tant de mal. Maman a répliqué qu'il n'allait pas comparer la perte de quatre méchantes laitues avec les ravages que font les fourmis dans les jardins, et que nous allions rallumer la machine dès cet après-midi mais que s'ils voyaient sortir de la fumée dans leur jardin, qu'ils viennent nous avertir, nous irions nous-mêmes boucher les fourmilières. Grand-maman m'a appelé pour le petit déjeuner et je ne sais pas ce qu'ils se sont raconté d'autre, mais j'étais enthousiasmé à l'idée de faire à nouveau la guerre aux fourmis et j'ai passé la matinée à lire les aventures de Raffles, bien qu'elles ne me plaisent pas autant que celles de Buffalo Bill.

Ma sœur s'était finalement calmée et elle se promenait partout en chantant à tue-tête ; à un moment donné ça l'a prise de dessiner avec des crayons de couleur et elle est entrée dans ma chambre et avant que j'aie pu m'en apercevoir elle avait mis le nez dans ce que je faisais ; j'étais juste par hasard en train d'écrire mon nom parce que j'aimais l'écrire un peu partout et j'avais mis, complètement par hasard, celui de Lila à côté du mien. J'ai fermé brusquement le cahier mais elle avait eu le temps de lire et elle a éclaté de rire en me regardant d'un air de pitié, je lui ai sauté dessus mais elle s'est mise à pousser des cris de paon et naturellement maman est arrivée, alors je me suis sauvé au fond du jardin avec toute ma rage rentrée. Pendant le déjeuner ma sœur m'a regardé d'un air moqueur et j'aurais bien aimé lui envoyer un coup de pied sous la table mais elle aurait hurlé et, comme on allait allumer la machine l'après-midi, je me suis retenu et je n'ai rien dit.

À l'heure de la sieste, j'ai grimpé sur le saule pour lire et pour penser et quand vers cinq heures oncle Carlos est descendu de sa chambre, on s'est d'abord fait un maté puis on est allés monter la machine et moi, j'ai préparé deux cuvettes de boue. Les femmes étaient restées à la maison, il faisait trop chaud, surtout à côté de la machine qu'on chauffait au charbon mais le maté est bon dans ces cas-là si on le prend bien chaud et sans sucre.

Nous avions choisi le carré près du poulailler au fond du jardin car les fourmis semblaient s'être réfugiées là et avaient fait de grands ravages dans les semis. À peine avions-nous enfoncé le tuyau dans la plus grande fourmilière que la fumée s'est mise à sortir de tous les côtés, il en sortait même entre les briques du poulailler. Je courais à droite et à gauche pour boucher les trous, j'aimais jeter de la boue sur les fentes et la tasser avec mes mains jusqu'à ce que la fumée ne puisse plus sortir. Oncle Carlos, par-dessus la clôture, a demandé à la Chola, qui était la moins stupide des trois, s'il y avait de la fumée dans son jardin et la Chola qui avait beaucoup de respect pour oncle Carlos est allée, à grand tapage, regarder dans les moindres recoins du jardin, mais il n'y avait de fumée nulle part. Soudain Lila m'a appelé et j'ai couru jusqu'aux troènes ; elle était là avec sa robe à pois orange, celle que j'aime le plus, et son genou bandé. Elle m'a dit que de la fumée sortait dans son jardin, celui qui était rien que pour elle, alors moi, aussitôt, j'ai sauté par-dessus le grillage avec une cuvette de boue pendant que Lila me disait d'un air très embêté que juste au moment où elle allait voir son jardin elle nous avait entendus parler avec les petites Negri et que, presque aussitôt, elle avait vu de la fumée sortir près de l'endroit où nous avions planté le jasmin. Je me suis agenouillé et j'ai répandu de la boue tant que j'ai pu. C'était très dangereux cette fumée pour le jasmin qu'on venait juste de transplanter, et à la fin du printemps par-dessus le marché, le prospectus avait beau dire que non... J'ai même pensé à couper la galerie des fourmis quelques mètres plus haut mais pour l'instant, il fallait surtout plâtrer avec de la boue et empêcher la fumée de sortir. Lila était assise à l'ombre avec un livre et elle me regardait travailler. J'aimais qu'elle me regarde, j'ai mis tant de boue autour du jasmin que la fumée ne risquait plus de sortir à cet endroit-là. Après, je me suis approché d'elle pour lui demander où il y avait une bêche afin de couper la galerie avant que le poison arrive. Elle est allée en chercher une et comme elle tardait, j'ai regardé son livre, un livre de contes avec des images, et j'ai été étonné de voir qu'elle avait, elle aussi, dans son livre une plume de paon très belle et qu'elle ne m'en avait jamais parlé. J'entendais oncle Carlos m'appeler pour aller boucher d'autres trous mais je restais là à regarder la plume qui ne pouvait pas être celle de Hugo mais qui lui ressemblait tellement qu'elle devait certainement venir du même paon, verte avec un œil violet et bleu et des petits points d'or. Quand Lila est revenue avec la bêche, je lui ai demandé où elle avait trouvé cette plume et j'allais lui raconter que Hugo en avait une toute pareille. C'est pourquoi j'ai failli ne pas comprendre ce qu'elle me disait quand elle m'a répondu, en devenant toute rouge, que c'était Hugo qui la lui avait donnée le jour de son départ.

— Il m'a dit qu'il en a beaucoup chez lui, a-t-elle ajouté comme pour s'excuser mais sans me regarder.

Oncle Carlos m'a appelé plus fort, j'ai jeté la bêche et j'ai couru vers les troènes ; Lila avait beau crier que la fumée sortait de nouveau dans son jardin, j'ai sauté par-dessus le grillage et, une fois de l'autre côté, je l'ai regardée à travers les troènes ; elle pleurait, son livre dans les mains et la plume de paon dépassant un peu d'entre les pages et c'était vrai, la fumée sortait de nouveau dans son jardin, au pied même de son jasmin cette fois, le poison était en train d'envahir ses racines. J'ai couru à la machine et profitant de l'absence d'oncle Carlos qui parlait aux petites Negri, j'ai ouvert la boîte de poison et j'en ai versé deux, trois pleines cuillerées dans la machine puis j'ai refermé la porte soigneusement, comme ça la fumée serait très vénéneuse, elle tuerait toutes les fourmis, il ne resterait plus une seule fourmi vivante dans aucun jardin.

La porte condamnée

L'hôtel Cervantes plut à Petrone pour les mêmes raisons qu'il aurait déplu à d'autres. C'était un hôtel sombre, tranquille, presque désert. Une personne rencontrée sur le vapeur de service pendant la traversée du fleuve le lui avait recommandé parce qu'il était dans le quartier central de Montevideo. Petrone prit, au deuxième étage, une chambre avec salle de bains qui donnait directement sur le hall. Le tableau des clefs lui apprit qu'il y avait peu de monde à l'hôtel ; les clefs étaient lestées de pesants disques de bronze avec le numéro de la chambre, innocent recours de la direction pour empêcher les clients de les emporter dans leur poche.

L'ascenseur le déposait au fond du hall où il y avait la réception avec les journaux du jour et le pupitre du standard. Il n'avait que quelques mètres à parcourir pour atteindre sa chambre. L'eau du lavabo était brûlante et cela compensait le manque de soleil et d'air. Sa chambre avait une petite fenêtre qui donnait sur la terrasse d'un cinéma voisin ; un pigeon venait parfois s'y promener. La fenêtre de la salle de bains, plus grande, donnait tristement sur un pan de mur et un lointain morceau de ciel presque inutile. Les meubles étaient de bonne qualité, il y avait des tiroirs et des étagères en quantité, et beaucoup de cintres, chose rare.

Le gérant était un homme grand et maigre, complètement chauve. Il portait des lunettes à monture d'or et parlait de cette voix forte et sonore qu'ont les Uruguayens. Il dit à Petrone que le deuxième étage était très tranquille et que, dans l'unique chambre voisine de la sienne, logeait une dame seule, employée il ne savait où et ne revenant à l'hôtel que le soir. Petrone la rencontra le lendemain dans l'ascenseur. Il sut que c'était elle en voyant le numéro de la clef qu'elle présenta sur la paume de sa main comme si elle offrait une énorme pièce d'or. Le portier prit la clef et celle de Petrone pour les suspendre au tableau puis échangea quelques propos avec la femme au sujet de lettres. Petrone eut le temps de voir qu'elle était encore jeune, insignifiante et qu'elle s'habillait mal comme toutes les Uruguayennes.

Passer ce contrat avec les fabricants de mosaïques lui demanderait bien une semaine. L'après-midi, il rangea ses vêtements dans l'armoire, disposa ses papiers sur la table et, après avoir pris un bain, il alla faire un tour dans le centre en attendant l'heure d'aller à son rendez-vous d'affaires. La soirée se passa en conversations coupées par l'apéritif à Pocitos et un dîner chez le principal associé. Il était plus d'une heure quand on le déposa à son hôtel. Fatigué, il se coucha vite et s'endormit aussitôt. Il était presque neuf heures quand il se réveilla et pendant ces premiers instants où collent encore à nous les restes de la nuit et des rêves, il lui revint en mémoire qu'il avait été dérangé dans son sommeil par les pleurs d'un enfant.

Avant de sortir, il bavarda un moment avec l'employé de la réception qui avait un accent allemand. Tout en le questionnant sur les lignes d'autobus et le nom des rues, il regardait distraitement le grand hall où donnaient, tout au fond, la porte de sa chambre et celle de la femme seule. Entre les deux portes, une console soutenait une désastreuse réplique de la Vénus de Milo. Une autre porte, sur le mur latéral, ouvrait sur un petit salon avec les immanquables fauteuils et revues. Lorsque Petrone et l'employé se taisaient, le silence semblait se coaguler, tomber comme une cendre sur les meubles et sur le carrelage. Le bruit de l'ascenseur devenait presque assourdissant de même que celui d'une allumette frottée ou des pages tournées d'un journal.

Les réunions prirent fin à la tombée de la nuit et Petrone fit un tour rue du 18-Juillet avant de dîner dans une des cafétérias de la place de l'Indépendance. Tout se passait bien et il pourrait peut-être rentrer à Buenos Aires plus tôt que prévu. Il acheta un journal argentin, un paquet de cigarettes brunes et revint lentement à pied à son hôtel. Au cinéma d'à côté, on donnait deux films qu'il avait déjà vus et, de toute façon, il n'avait envie d'aller nulle part.

Le gérant lui dit bonsoir au passage et lui demanda s'il avait assez de couvertures. Ils bavardèrent un moment en fumant une cigarette puis se séparèrent.

Avant de se coucher, Petrone mit en ordre les papiers qu'il avait utilisés dans la journée et parcourut son journal sans grand intérêt. Le silence de l'hôtel était presque excessif et le bruit des rares tramways qui descendaient la rue Soriano ne l'interrompait que pour mieux le laisser retomber. Sans être inquiet, il se sentait un peu nerveux ; il jeta le journal à la corbeille et se déshabilla tout en se regardant distraitement dans la glace de l'armoire. C'était une vieille armoire placée devant une porte qui communiquait avec la chambre voisine. Petrone fut surpris de découvrir cette porte qu'il n'avait pas remarquée le premier jour. Il avait cru au début qu'il était dans un immeuble conçu pour être un hôtel mais il s'apercevait à présent que, comme beaucoup d'hôtels modestes, celui-là avait été installé dans une vieille maison familiale. À y bien réfléchir, dans presque tous les hôtels qu'il avait fréquentés au cours de sa vie — et ils étaient nombreux —, les chambres avaient une porte condamnée, parfois de façon franche et visible mais le plus souvent dissimulée derrière une armoire, une table ou un portemanteau, ce qui leur donnait, comme à celle-là, une certaine ambiguïté, le désir honteux de se faire oublier, comme une femme qui croit se cacher en mettant ses mains sur son ventre ou sur ses seins. Quoi qu'il en soit, la porte était là, dépassant du haut de l'armoire. Autrefois, les gens avaient dû entrer et sortir par elle, la faisant claquer, l'entrebâillant, lui communiquant une vie qui était encore présente dans son bois, si différent du mur. Petrone se dit qu'il devait y avoir aussi une armoire de l'autre côté et que sa voisine devait penser la même chose de la porte.

Il n'était pas fatigué mais il s'endormit avec plaisir. Il devait dormir depuis trois ou quatre heures lorsqu'une sensation de malaise le réveilla, comme s'il venait de se passer quelque chose, quelque chose de gênant et d'irritant. Il alluma sa lampe, vit qu'il était deux heures et demie et éteignit. C'est alors qu'il entendit pleurer un enfant dans la chambre d'à côté.

Il ne se rendit pas bien compte tout de suite. Son premier mouvement fut un sentiment de satisfaction, ainsi, il était vrai que la nuit passée un enfant l'avait réveillé. Tout s'expliquait, il allait mieux dormir à présent. Mais il lui vint une autre pensée et il se rassit lentement sur son lit sans allumer la lumière, prêtant l'oreille. Il ne se trompait pas, les pleurs partaient de la chambre voisine. Le son passait à travers la porte condamnée et venait de cette partie de la chambre qui correspondait aux pieds du lit. Mais il ne pouvait pas y avoir d'enfant dans la chambre d'à côté ; le gérant lui avait parlé d'une femme seule qui passait presque toute la journée à son travail. Pendant une seconde, Petrone se dit qu'elle gardait peut-être cette nuit l'enfant d'une parente ou d'une amie. Il repensa à la nuit précédente. Il était sûr maintenant d'avoir *déjà* entendu ces pleurs, c'étaient des pleurs qu'on ne pouvait confondre, une suite de gémissements très faibles et irréguliers, de hoquets plaintifs suivis d'une brève lamentation, mais tout cela inconsistant, infime, comme si l'enfant était très malade. Ce devait être un bébé de quelques mois seulement mais il ne pleurait pas avec la stridence et les brusques gloussements des nouveau-nés. Petrone imagina un enfant — un garçon, il ne savait pourquoi — faible et malade, au visage émacié, aux gestes fatigués. *Ça* se plaignait pendant la nuit, ça pleurait timidement, sans trop attirer l'attention. Si la porte condamnée ne s'était trouvée là, les pleurs n'auraient pas pu vaincre les fortes épaules du mur, personne n'aurait su que dans la chambre voisine un enfant était en train de pleurer.

Le lendemain matin, Petrone repensa à sa nuit tout en prenant son petit déjeuner et en fumant une cigarette. Il était important qu'il dormît bien pour le travail de ces jours-ci. Or, il s'était réveillé deux fois en pleine nuit et les deux fois à cause des pleurs. La deuxième fois, ce fut pire car on entendait, en plus, la voix de la femme qui essayait de calmer l'enfant. La voix était très basse mais tellement anxieuse que cela lui donnait un ton théâtral, ce n'était qu'un murmure mais il traversait la porte avec autant de force que si la femme eût crié à tue-tête.

L'enfant cédait par moments au bercement, à la prière, puis il reprenait avec un petit gémissement entrecoupé son inconsolable peine. Et la femme, à nouveau, murmurait des mots incompréhensibles, l'incantation des mères pour calmer l'enfant tourmenté par son corps ou par son âme, par la menace de la mort ou la menace de la vie.

« Tout cela est très joli mais le gérant s'est fichu de moi », pensa Petrone en sortant de sa chambre. Ce mensonge l'agaçait et il ne le cacha point. Le gérant ouvrit de grands yeux.

— Un enfant ? Vous avez dû vous tromper. Il n'y a pas d'enfant à cet étage. À côté de votre chambre habite une dame seule, je crois même vous l'avoir déjà dit.

Petrone hésita à répondre. Ou bien l'autre mentait stupidement ou l'acoustique de l'hôtel lui avait joué un mauvais tour. Le gérant le regardait de travers à présent comme si cette réclamation l'irritait à son tour. « Il me croit peut-être timide et pense que je cherche un prétexte pour changer d'hôtel », pensa Petrone. Il était difficile et vaguement absurde d'insister devant une dénégation aussi nette. Il haussa les épaules et demanda le journal.

— J'ai sans doute rêvé, dit-il, agacé d'avoir à faire pareille réponse. Et même d'avoir à répondre quoi que ce fût.

Le cabaret était mortellement ennuyeux et les deux amphitryons de Petrone semblaient partager son peu d'enthousiasme, aussi fut-il facile à Petrone d'alléguer la fatigue de la journée et de se faire reconduire à l'hôtel. Il fut décidé qu'on signerait les contrats le lendemain après-midi, l'affaire était pratiquement conclue.

Le silence dans le hall de l'hôtel était si grand que Petrone se surprit à marcher sur la pointe des pieds. On lui avait laissé un journal du soir sur sa table de nuit, il y avait aussi une lettre de Buenos Aires. Il reconnut l'écriture de sa femme.

Avant de se coucher, il examina l'armoire et la partie de la porte qui dépassait au-dessus. Peut-être, s'il posait ses deux valises sur l'armoire, cela amortirait-il le bruit. Comme toujours à cette heure-là, on n'entendait rien. L'hôtel dormait, les choses et les gens dormaient. Mais Petrone, de mauvaise humeur, se mit à penser qu'il en allait tout autrement, que tout était éveillé au contraire, éveillé et aux aguets au milieu du silence. Son angoisse inavouée devait se communiquer à la maison, aux gens de la maison, leur prêtant une volonté de vigilance sournoise. Bêtises que tout cela.

Il ne prit pas cependant la chose au tragique quand les pleurs de l'enfant le tirèrent de son sommeil vers trois heures du matin. Il s'assit sur son lit et se demanda si le mieux ne serait pas d'appeler le veilleur de nuit pour lui faire constater qu'il était impossible de dormir dans cette chambre. L'enfant pleurait si faiblement que par moments on ne l'entendait plus mais Petrone sentait que les pleurs étaient toujours là, qu'ils ne cessaient pas et qu'ils allaient bientôt redoubler. Il s'écoulait dix ou vingt interminables secondes et à nouveau un hoquet léger, une plainte à peine perceptible qui se prolongeait doucement puis se brisait en pleurs véritables.

Il se demanda en allumant une cigarette s'il n'allait pas frapper quelques coups discrets au mur pour que la femme fît taire l'enfant. Mais à peine les eut-il imaginés tous les deux, la femme et l'enfant, qu'il s'aperçut qu'il ne croyait pas en eux, qu'il ne croyait pas, absurdement, que le gérant lui eût menti. On entendait maintenant la voix de la femme qui consolait l'enfant sur un ton pressant, mais si discret, et qui couvrait complètement ses pleurs. La femme était en train de bercer l'enfant, de le consoler, et Petrone l'imaginait, assise au pied du lit, tenant l'enfant dans ses bras ou balançant son berceau. Mais quelque effort qu'il fît, il n'arrivait pas à imaginer l'enfant, comme si l'affirmation de l'hôtelier était plus vraie que cette réalité qu'il écoutait. Petit à petit, à mesure que passait le temps et qu'alternaient les faibles gémissements avec les murmures de consolation, Petrone finit par se demander si tout cela n'était pas une farce, un jeu ridicule et monstrueux qu'il ne parvenait pas à s'expliquer. Il pensa à de vieux récits de femmes sans enfants, organisant en secret un culte de poupées, une maternité inventée en cachette, mille fois pire que de gâter un chien, un chat ou des neveux. La femme imitait les pleurs de l'enfant refusé, berçant l'air entre ses mains vides, le visage peut-être mouillé de larmes car les pleurs qu'elle imitait étaient aussi ses pleurs à elle, sa grotesque douleur dans la solitude d'une chambre d'hôtel, protégée par l'aube et l'indifférence.

Incapable de se rendormir, il alluma la lampe de chevet et se demanda ce qu'il allait faire. Il était d'une humeur massacrante et comme envenimée par cette atmosphère où tout soudain lui paraissait truqué, faux, creux : le silence, les pleurs, la berceuse, seules choses réelles de cette heure entre jour et nuit et qui pourtant le trompaient de tout leur mensonge insupportable. Frapper au mur lui paraissait trop peu. Il n'était pas complètement éveillé, bien qu'il lui eût été impossible de se rendormir ; sans savoir comment, il se retrouva en train de pousser peu à peu l'armoire pour dégager la porte recouverte de poussière. En pyjama et pieds nus, il s'y colla comme un mille-pattes et approchant sa bouche des planches il se mit à imiter, d'une voix de fausset imperceptible, le gémissement qui venait de l'autre côté. Il monta d'un ton, gémit, sanglota. De l'autre côté il se fit un grand silence qui allait durer toute la nuit mais auparavant Petrone avait pu entendre la femme courir à travers la chambre avec un claquement de pantoufles, poussant un cri bref, le début d'un hurlement qui se coupa net comme une corde trop tendue.

Il était plus de dix heures lorsqu'il passa devant la réception. Dans un demi-sommeil, vers huit heures, il avait entendu la voix du garçon d'étage et celle d'une femme. Quelqu'un avait marché dans la chambre d'à côté, traînant des choses. Il vit une malle et deux grandes valises près de l'ascenseur. Petrone trouva au gérant l'air un peu dérouté.

— Vous avez bien dormi, cette nuit ? lui demanda-t-il sur un ton professionnel qui cachait mal l'indifférence.

Petrone haussa les épaules. Il ne voulait pas revenir là-dessus puisqu'il ne lui restait plus qu'une nuit à passer à l'hôtel.

— De toute façon, vous serez plus tranquille à présent, dit le gérant en regardant les valises. La dame nous quitte à midi.

Il attendait un commentaire, Petrone l'encouragea d'un coup d'œil.

— Il y avait longtemps qu'elle était là et elle s'en va comme ça, tout d'un coup. On ne peut jamais savoir avec les femmes.

— Non, en effet, répondit Petrone.

Dans la rue, il se sentit pris de nausées, de nausées qui n'étaient pas physiques. Il avala un café sans sucre et se mit à ruminer cette histoire, oubliant ses affaires, indifférent au soleil splendide. C'était sa faute si cette femme quittait l'hôtel, folle de peur, de honte ou de rage. *Il y avait longtemps qu'elle était là...* C'était une malade peut-être, mais inoffensive. Ce n'était pas elle mais lui qui eût dû quitter l'hôtel. Il était de son devoir de lui parler, de s'excuser et de lui demander de rester en lui jurant une entière discrétion. Il revint vers l'hôtel et à mi-chemin s'arrêta. Il avait peur de faire un faux pas, peur que la femme n'ait une réaction imprévue. Et puis, il était déjà l'heure de son rendez-vous, il ne voulait pas faire attendre ses deux associés. Qu'elle aille se faire fiche. Ce n'était qu'une hystérique, elle trouverait bien un autre hôtel où soigner son fils imaginaire.

Mais le soir, il se sentit mal à l'aise de nouveau et le silence de la chambre lui parut plus lourd encore. En entrant dans l'hôtel, il n'avait pu s'empêcher de regarder le tableau des clefs où manquait déjà celle de la chambre voisine. Il échangea quelques mots avec le gardien de service qui attendait en bâillant le moment de s'en aller et regagna sa chambre sans grand espoir de pouvoir dormir. Il avait les journaux du soir et un roman policier. Il occupa le temps en faisant ses valises et en mettant de l'ordre dans ses papiers. Il faisait chaud et il ouvrit à deux battants la petite fenêtre. Le lit était parfaitement fait mais il le trouva dur et incommode. Il avait enfin tout le silence nécessaire pour dormir à poings fermés et ce silence lui pesait. Il se tournait et se retournait dans son lit comme vaincu par le silence qu'il avait obtenu par ruse et qu'on lui retournait entier et vengeur. Il pensa ironiquement qu'il regrettait les pleurs de l'enfant, que ce calme parfait ne lui suffisait pas pour dormir et moins encore pour rester éveillé. Il regrettait les pleurs de l'enfant et, quand il les entendit, beaucoup plus tard, faibles mais reconnaissables entre mille à travers la porte condamnée il sut, au-delà de la peur, au-delà de la fuite en pleine nuit, que tout était bien ainsi et que la femme n'avait pas menti, qu'elle ne s'était pas menti en berçant l'enfant, en voulant que l'enfant se taise pour qu'ils puissent, eux, dormir.

Les ménades

Don Perez me conduisit à ma place après m'avoir tendu un programme imprimé sur papier crème. Neuvième rang, légèrement sur la droite : le parfait équilibre acoustique. Je connais bien le théâtre Corona et je sais qu'il a des caprices de femme hystérique. Je conseille à mes amis de ne jamais accepter une place au treizième rang car il y a là une espèce de trou d'air où la musique n'entre pas. Refuser également les corbeilles de gauche car on y a l'impression, comme au théâtre municipal de Florence, que certains instruments se séparent de l'orchestre, flottent dans l'air et c'est ainsi qu'une flûte peut retentir brusquement à trois mètres de vous tandis que le reste de l'orchestre continue à jouer sagement sur scène. Fort pittoresque à coup sûr mais peu agréable.

Je jetai un coup d'œil au programme. Nous avions ce soir : *Le Songe d'une nuit d'été*, *Don Juan*, *La Mer* et *La Cinquième Symphonie*. Je ne pus m'empêcher de sourire en pensant au chef d'orchestre. Une fois de plus, sous des dehors d'insolent arbitraire esthétique, le vieux renard avait su composer son programme avec ce flair infaillible qui caractérise les régisseurs de music-hall, les pianistes virtuoses et les organisateurs de rencontres de catch. Quelle idée, aussi, de m'être égaré, par désœuvrement, dans un concert où Debussy succédait à Strauss et précédait Beethoven par-dessus le marché, au mépris de toutes les lois divines et humaines. Mais le chef d'orchestre connaissait bien son public, il organisait des concerts pour les habitués de la salle Corona, c'est-à-dire des gens tranquilles et comme il faut qui préfèrent les mauvaises choses qu'ils connaissent aux bonnes qu'ils ne connaissent pas et qui exigent qu'on respecte avant tout leur digestion et leur bien-être. Mendelssohn leur permettrait de s'installer à leur aise, pour écouter ensuite le *Don Juan*, un *Don Juan* fougueux et généreux, plein de petits airs faciles à retenir. Avec Debussy ils se sentiraient artistes car il n'est pas donné à tout le monde de comprendre sa musique. En-

Les ménades 61

fin, le plat de résistance, le grand massage vibratoire beethovénien, le destin qui frappe à la porte, le V de la Victoire, le sourd génial, après quoi, retour chez soi en quatrième vitesse car il y a un travail fou qui attend au bureau demain.

Au fond, je l'aimais beaucoup ce chef d'orchestre qui avait su imposer de la bonne musique dans cette ville sans art, éloignée des grands centres, où l'on ne connaissait il y a dix ans que *La Traviata* et l'ouverture d'*El Guarani*. Le chef d'orchestre, engagé par un imprésario audacieux, était venu et avait réussi à former un orchestre que l'on pouvait à présent qualifier d'excellent. Peu à peu, il nous avait fait avaler Brahms, Mahler, Ravel, Strauss et Moussorgsky. Il y eut des protestations au début et le chef d'orchestre dut mettre à la cape et ajouter beaucoup de sélections d'opéras dans ses programmes ; puis l'on commença à accepter le Beethoven âpre et sévère qu'il nous assenait et, à la fin, on l'applaudissait à tout propos, rien qu'en le voyant apparaître, comme en ce moment, où son entrée provoquait un enthousiasme délirant. Il est vrai qu'en début de saison, les gens ont les mains fraîches et applaudissent avec plaisir, sans compter que tout le monde aimait bien le Maître qui s'inclinait brièvement, sans insister, et se tournait vers ses musiciens avec son air de chef de brigands. J'avais à ma gauche Mme Jonathan que je ne connais pas beaucoup mais qui passe pour mélomane et qui, rougissante, me confia :

— Vous avez là un homme, un homme qui a obtenu ce que bien peu auraient obtenu à sa place. Non seulement il a formé un orchestre mais un public. N'est-ce pas admirable ?

— Sans doute, répondis-je avec ma condescendance habituelle.

— Je me dis parfois qu'il devrait diriger tourné vers la salle, nous sommes un peu ses musiciens, nous aussi.

— Pas moi, répondis-je. J'ai de curieuses opinions en matière musicale, je dois vous avouer. Ainsi, ce programme me paraît abominable. Mais je me trompe sans doute.

Mme Jonathan me lança un regard dur et détourna la tête mais son amabilité fut la plus forte et la poussa à me donner des explications :

— Ce programme est tout simplement une suite de chefs-d'œuvre. Et chacun d'eux est donné à la demande de nombreux admirateurs. Ne savez-vous pas que le Maître fête ce soir ses noces d'argent avec la musique ? Et que l'orchestre célèbre son cinquième anniversaire ? Lisez donc la dernière page du programme. Il y a un article charmant du docteur Palancin.

Je lus l'article du docteur Palancin à l'entracte, après le Mendelssohn et le Strauss qui valurent au Maître de véritables ovations. Tout en arpentant le foyer, je me demandais si ces exécutions justifiaient de tels délires, surtout de la part d'un public que je sais peu indulgent de nature. Mais les anniversaires sont les portes grandes ouvertes à la stupidité, et je me disais que les adeptes du Maître ne devaient pas pouvoir contenir leur émotion ce soir. Au bar, je rencontrai le docteur Epifania avec toute sa famille, et je restai un moment à bavarder avec eux. Ses filles étaient rouges et excitées, elles m'entourèrent comme une bande de petites poules caquetantes et m'affirmèrent que Mendelssohn avait été *sensass*, que c'était une musique toute de gazes et de velours, d'un romantisme divin, qu'on aimerait passer sa vie à écouter le nocturne et que le scherzo avait été joué par des doigts de fées. Beba, elle, préférait Strauss, c'était plus impressionnant, un véritable *Don Juan* allemand avec tous ces cors et ces trombones qui lui donnaient la chair de poule (on ne pouvait mieux dire). Le docteur Epifania nous écoutait avec un sourire indulgent.

— Ah ! ces jeunes ! On voit bien que vous n'avez pas entendu Risler ni vu von Bülow ! C'était la belle époque.

Ses filles le regardèrent d'un air furieux. Rosarita dit que les orchestres étaient beaucoup mieux dirigés à présent qu'il y a cinquante ans et Beba refusa à son père le droit de diminuer tant soit peu le talent fabuleux du Maître.

— Bien sûr, bien sûr, dit le docteur. Je trouve le Maître génial ce soir. Quel feu ! quelle fougue ! Il y avait longtemps que je n'avais autant applaudi.

Et il me montra deux mains, rouges comme s'il avait écrasé des betteraves cuites.

Personnellement, j'avais plutôt eu l'impression contraire et il me semblait que le chef d'orchestre était dans un de ses mauvais soirs et qu'il avait adopté un style sec et retenu pour ne pas trop se fatiguer. Mais je devais être le seul de cette opinion car, un peu plus loin, je rencontrai Cayo Rodríguez, qui me sauta presque au cou et me déclara que le *Don Juan* avait été bestial et que le Maître était terrible.

— Tu n'as pas remarqué ce moment du scherzo du Mendelssohn où il semble n'y avoir plus dans l'orchestre que des murmures de lutins ?

— C'est que je n'ai jamais entendu de murmures de lutins…

— Ne fais pas l'idiot, dit Cayo d'un air vraiment fâché, et je vis que le sang lui était monté au visage. Comment peux-tu n'être pas sensible à ces choses-là ? Le Maître est génial, mon vieux, et il n'a jamais dirigé comme ce soir. J'ai du mal à croire que tu puisses être aussi blindé.

Guillermina Fontan se dirigeait droit sur nous à pas rapides. Elle répéta tous les qualificatifs des petites Epifania, et elle et Cayo se regardèrent avec des larmes dans les yeux, unis fraternellement dans une même admiration, sentiment qui peut rendre les hommes si bons et si généreux momentanément. Je les considérais avec étonnement car je ne m'expliquais pas un pareil enthousiasme ; il est vrai que je ne vais pas au concert tous les soirs, moi, et qu'il m'arrive de confondre Brahms et Bruckner, ce qui leur paraîtrait, à eux, impardonnable. De toute façon, ces visages cramoisis, ces mains moites, ce désir latent d'applaudir jusque dans le foyer ou dans la rue me faisaient penser à ces conditions atmosphériques, humidité, taches solaires, qui peuvent avoir tant d'influence sur le comportement humain. Je me suis même demandé à un moment s'il n'y avait pas dans la salle un farceur qui se serait amusé à renouveler la fameuse expérience du docteur Ox qui pouvait exciter le public à volonté. Guillermina me tira de ces considérations en me secouant violemment le bras (nous nous connaissons à peine).

— Et maintenant, Debussy, murmura-t-elle d'un ton passionné, cette dentelle d'eau. *La Mer*.

— Cela va être une plongée délicieuse, dis-je, pour suivre le courant marin.

— Comment croyez-vous que le Maître va la diriger ?

— Impeccablement, répondis-je en la regardant pour voir comment elle prendrait mon opinion.

Mais il était évident que Guillermina attendait plus de fougue car elle se tourna vers Cayo qui pompait un soda comme un chameau assoiffé, et ils se livrèrent tous les deux à une série de pronostics béats sur ce que serait le deuxième mouvement du Debussy et la force grandiose qu'aurait le troisième.

J'allai faire un tour de reconnaissance dans les couloirs avant de revenir au foyer et partout régnait le même enthousiasme émouvant et irritant. Cet énorme bourdonnement de ruche en folie influait peu à peu sur les nerfs et je finis par éprouver moi-même une certaine fébrilité, je doublai ma ration habituelle de soda. Cela me désolait de me sentir en marge, de regarder tous ces gens du dehors, en entomologiste. Mais qu'y faire, c'est toujours la même chose. J'ai même fini par utiliser cette aptitude pour ne jamais me compromettre en quoi que ce soit.

Quand je regagnai la salle, tout le monde était déjà installé et je dus déranger tout le rang pour atteindre ma place. Les musiciens entraient en scène comme à regret et je trouvai étrange que les gens, dans leur avidité à écouter, se soient installés avant eux. Je lançai un coup d'œil vers le poulailler et le deuxième balcon ; une masse noire, comme des mouches sur un pot de confiture. Aux fauteuils d'orchestre, moins serrés, les hommes en habit faisaient penser à une bande de corbeaux ; des lampes électriques s'allumaient et s'éteignaient, les mélomanes pourvus de partitions essayaient leur moyen d'éclairage personnel. La lumière du grand lustre central baissait peu à peu et dans l'obscurité de la salle s'élevèrent les premiers applaudissements, saluant l'entrée du Maître. Cette substitution progressive du bruit à la lumière me parut curieuse, et cette façon dont un de mes sens entrait en jeu juste au moment où l'autre s'endormait. À ma gauche, Mme Jonathan battait des mains avec force, et tout le rang applaudissait énergiquement ; mais à ma droite, deux fauteuils plus loin, il y avait un homme immobile, tête penchée, un aveugle sans doute ; je captai l'éclat de la canne blanche, des lunettes inutiles. Nous étions les seuls, lui et moi, à refuser d'applaudir, et son attitude me séduisit. J'aurais voulu m'asseoir à côté de lui, lui parler. Quelqu'un qui n'applaudissait pas ce soir était digne d'intérêt. Deux rangs devant moi, les petites Epifania s'abîmaient les mains, et leur père ne ménageait pas les siennes non plus. Le Maître salua rapidement après avoir lancé deux ou trois coups d'œil vers le poulailler d'où les applaudissements descendaient en vagues déferlantes avant de se joindre à ceux du parterre et des corbeilles. Il me sembla qu'il avait un air mi-intéressé, mi-perplexe ; son oreille devait lui transmettre la différence qu'il y a entre un concert ordinaire et un concert de noces d'argent. Inutile de dire que *La Mer* lui valut une ovation à peine moindre que celle pour le Strauss, chose par ailleurs compréhensible. Je me laissai moi-même entraîner par le dernier mouvement, ses clameurs et ses immenses va-et-vient sonores, et j'applaudis à m'en faire mal aux mains. Mme Jonathan pleurait.

— C'est tellement ineffable, murmura-t-elle en levant vers moi un visage qui semblait sortir d'une douche, si incroyablement ineffable.

Le chef d'orchestre sortait de scène et réapparaissait avec son aisance coutumière et cette façon qu'il a de monter sur l'estrade comme s'il allait ouvrir une vente aux enchères. Il fit se lever l'orchestre, les applaudissements et les bravos redoublèrent. À ma droite, l'aveugle applaudissait doucement, avec précaution ; agréable de voir avec quelle parcimonie il contribuait à l'hommage populaire, la tête penchée, l'air recueilli et comme absent. Les bravos, qui fusent d'habitude isolément, comme des manifestations personnelles, éclatèrent de toutes parts. Les applaudissements avaient débuté avec moins de violence que dans la première partie du concert mais à présent que la musique était oubliée, qu'on n'applaudissait plus *Don Juan* ni *La Mer* (ni même leurs effets) mais simplement le Maître et le sentiment de communion qui animait la salle, l'ovation commençait à se nourrir d'elle-même, elle s'enflait de minute en minute et devenait presque insoutenable. Irrité, je regardai à ma gauche et je vis une femme en robe rouge qui courait en applaudissant dans l'allée centrale pour ne s'arrêter que devant l'estrade, aux pieds du chef d'orchestre. Quand le Maître s'inclina pour saluer, il se trouva nez à nez avec la femme en rouge et fut si surpris qu'il se redressa brusquement. Mais les clameurs et le tapage qui venaient du poulailler l'obligèrent à lever la tête de nouveau et à saluer comme il l'avait rarement fait : en levant le bras gauche. Le geste ne fit qu'augmenter l'enthousiasme et des tonnerres de battements de pieds venus des balcons et des corbeilles s'ajoutèrent aux applaudissements. C'était vraiment excessif.

Il n'y avait pas d'entracte prévu entre les deux derniers morceaux mais le Maître se retira quelques minutes pour reprendre haleine et je me levai pour mieux voir la salle. La chaleur, l'humidité, l'excitation avaient converti la plupart des spectateurs en écrevisses ruisselantes. Des centaines de mouchoirs battaient l'air comme les vagues d'une mer qui prolongeait grotesquement celle que nous venions d'entendre. Beaucoup de gens couraient au bar pour avaler à toute allure une bière ou un jus d'orange et, craignant de perdre une note, revenaient en courant et se heurtaient à ceux qui sortaient et il y avait, aux principales issues du parterre, une incroyable confusion, mais il ne se produisit aucune dispute car les gens se sentaient d'une infinie bonté, c'était plutôt comme un grand ramollissement sentimental où tout le monde se retrouvait fraternellement et se reconnaissait. Mme Jonathan, trop grosse pour s'extraire de son siège, levait vers moi, toujours debout, un visage étrangement semblable à un radis. « Ineffable ! » répétait-elle. « Tellement ineffable ! »

Je fus soulagé de voir revenir le Maître car cette foule dont je faisais impardonnablement partie m'inspirait à la fois dégoût et pitié. Les seules personnes dignes de toute l'assemblée me paraissaient être les musiciens et le chef d'orchestre. Sans parler de l'aveugle assis quelques fauteuils plus loin, raide et immobile, plein d'une attention exquise, sans la moindre bassesse.

— *La Cinquième*, me confia Mme Jonathan dans un souffle humide. L'extase de la tragédie.

Je pensai que cela aurait tout à fait convenu à un titre de film et je fermai les yeux. Peut-être essayai-je en cet instant de m'assimiler à l'aveugle, seul être humain dans toute cette masse gélatineuse qui m'environnait. Et au moment où je voyais déjà de petites lumières vertes traverser mes paupières comme des hirondelles, les premières mesures de *La Cinquième* me tombèrent dessus comme un marteau piqueur et m'obligèrent à regarder. Le Maître était presque beau, avec son fin visage aigu et attentif, tout occupé à faire décoller l'orchestre qui vrombissait de tous ses moteurs. Un grand silence s'était fait dans la salle, tombant comme un éclair après les applaudissements ; je crois même que le Maître avait lancé sa machine avant qu'ils aient fini de le saluer. Le premier mouvement passa au-dessus de nos têtes avec ses lumières du souvenir, ses symboles, son tam-tam facile et inévitable. Le second, magnifiquement dirigé, se répercuta dans une salle où l'air semblait incendié d'une flamme invisible et froide, brûlant du dedans vers le dehors. Presque personne n'entendit le premier cri, bref et étouffé, mais comme la jeune fille était juste devant moi, sa convulsion me fit sursauter et je l'entendis crier sous le tintamarre des bois et des cuivres. Un cri bref et étranglé, comme de spasme amoureux ou hystérique. Sa tête se renversa en arrière sur cette espèce d'étrange corne de bronze qu'ont les fauteuils du Corona et ses pieds se mirent à battre furieusement le sol tandis que ses voisins la maintenaient fermement par les bras. Là-haut, du premier rang de balcon, partit un deuxième cri et d'autres piétinements. Le chef d'orchestre boucla le second mouvement et enchaîna directement sur le troisième. Je me demandai s'il avait pu entendre ces cris, submergé comme il l'était par le premier plan sonore de l'orchestre. La jeune fille devant moi retomba en avant et la personne à côté d'elle, sa mère sans doute, la soutenait toujours d'un bras. J'aurais voulu proposer mon aide mais ce n'était pas une petite affaire que de se mêler des histoires d'un autre rang, surtout en plein concert et lorsqu'on ne connaît pas les gens. Je voulus avertir Mme Jonathan car une femme me semblait tout indiquée pour ce genre de malaise, mais elle était perdue dans la musique, les yeux rivés sur le dos du Maître, il me sembla voir quelque chose briller en dessous de sa bouche, sur son menton. Soudain, le chef d'orchestre disparut à ma vue car la large carrure d'un monsieur en smoking se dressait devant moi. Étrange que quelqu'un se lève au beau milieu d'un mouvement, non moins étranges, il est vrai, les cris hystériques de tout à l'heure et l'indifférence générale pour le malaise de la jeune fille. Une tache rouge dans l'allée centrale me fit tourner la tête et je revis la femme qui pendant l'entracte s'était précipitée au pied de l'estrade. Elle avançait lentement, comme une bête à l'affût, bien que son corps fût parfaitement droit, mais quelque chose, dans sa démarche, la trahissait ; elle avançait à pas lents, hypnotiques, comme qui va sauter. Elle regardait fixement le Maître et j'entrevis un instant l'éclat ému de ses yeux. Un homme sortit d'une rangée et se mit à la suivre. Ils étaient arrivés à la hauteur du cinquième rang et trois autres personnes étaient en train de les rejoindre. La symphonie prenait fin, les premiers grands accords finaux, déchaînés par le Maître, avec une rigueur splendide bondissaient, jaillissaient, masses sculptées surgies tout achevées, hautes colonnes blanches et vertes et, dans la nef de ce Karnak sonore, la femme en rouge et son cortège s'avançaient à pas lents. Entre deux clameurs de l'orchestre, j'entendis crier une troisième fois ; le cri venait, cette fois, d'une corbeille de droite. Et avec lui, par-dessus la musique, les premiers applaudissements, incapables de se retenir plus longtemps, comme si, dans ce halètement amoureux qui unissait le corps masculin de l'orchestre à l'énorme femelle de la salle tout entière livrée, cette dernière n'avait pas voulu attendre la jouissance virile et s'abandonnait à son plaisir avec des gémissements, des convulsions et des cris d'une insupportable volupté. Incapable de bouger de ma place, je sentais croître dans mon dos comme une avancée de forces, une progression parallèle à celle de la femme en rouge et de ses suivants qui atteignirent le bord de la scène au moment précis où le Maître, tel un matador qui enfonce son épée dans le taureau, plongeait sa baguette dans le dernier mur sonore et se laissait retomber en avant, épuisé, comme si la vibration de l'élan final lui avait porté un coup de corne. Quand il se redressa, la salle entière était debout, et moi avec elle ; l'espace volait en éclats comme une vitre, sous le choc de mille lances aiguës, les applaudissements et les cris se confondaient et une matière insupportablement grossière et suintante mais à la fois pleine d'une certaine grandeur, comme un troupeau de buffles qui charge ou tout ce qu'on voudra dans le genre. Le public affluait de tous côtés vers le parterre et je trouvai presque normal de voir deux hommes sauter par-dessus le rebord de leur loge. Mme Jonathan, couinant comme un rat qu'on écrase, avait pu s'extraire de son fauteuil et maintenant, la bouche ouverte, les bras tendus vers la scène, elle bramait son enthousiasme. Le Maître nous tournait toujours le dos, presque avec dédain, et regardait ses musiciens avec un air de probable satisfaction. Enfin, il nous fit face, lentement, et il inclina la tête pour un premier salut. Il était très pâle, il semblait épuisé, et je me surpris à penser (lambeaux de pensées parmi tant d'autres sensations, rafales instantanées de tout ce qui m'entourait dans cet enfer de l'enthousiasme) qu'il pourrait bien s'évanouir. Il salua une deuxième fois en lançant un coup d'œil sur la droite car un homme blond en smoking venait de sauter sur la scène et deux autres s'apprêtaient à en faire autant. Le Maître fit aussitôt mine de descendre de l'estrade mais il me sembla que ce mouvement avait quelque chose de spasmodique comme s'il voulait se débarrasser de quelque chose. La femme en rouge avait agrippé une de ses chevilles et, le visage levé vers lui, elle criait, du moins le supposait-on, à voir sa bouche ouverte, car tout le monde hurlait, moi y compris, probablement. Le Maître laissa tomber sa baguette et s'efforça de se libérer en disant quelque chose que personne n'entendit. Lorsqu'un des suivants de la femme lui saisit l'autre jambe, il se tourna vers son orchestre comme pour réclamer de l'aide. Les musiciens s'étaient levés dans un grand désordre d'instruments, sous la lumière aveuglante des projecteurs de scène. Les pupitres tombaient comme des épis sous la faux à mesure que le public grimpait par les deux côtés sur la scène et on ne pouvait déjà plus distinguer les musiciens des spectateurs. Le Maître, voyant un homme monter derrière lui sur son estrade, s'appuya à lui pour tenter de se libérer de la femme et de ses suivants déjà accrochés à ses jambes et dans le même temps il s'aperçut que l'homme n'était pas un de ses musiciens et il voulut le repousser, mais l'autre le saisit à bras-le-corps et tandis que la femme en rouge ouvrait les bras comme si elle réclamait sa proie, le Maître disparut dans le remous des gens qui l'entouraient et l'emportaient dans leur masse compacte. J'avais jusque-là surveillé ce délire avec une sorte d'effroi lucide, me tenant un peu au-dessus ou au-dessous de ce qui arrivait, mais soudain un cri suraigu à ma droite me fit sursauter et je vis que l'aveugle s'était levé et qu'il agitait les bras en criant, comme s'il suppliait, réclamait quelque chose. Je n'y tins plus, de spectateur je devins acteur moi aussi, emporté par ce raz de marée d'enthousiasme, je courus à mon tour vers la scène et bondis sur l'estrade juste au moment où une foule délirante encerclait les violonistes, leur arrachait leurs instruments (on les entendait craquer et éclater comme d'énormes cafards jaunes) et les obligeait à sauter dans la salle où d'autres spectateurs les attendaient pour les embrasser et les faire disparaître en de confus remous. Pour aussi curieux que cela paraisse, je n'avais personnellement aucun désir de m'associer à ces démonstrations, je voulais simplement les côtoyer et voir ce qui arrivait, bien que dépassé par cet hommage inouï. J'avais conservé assez de lucidité pour me demander pourquoi les musiciens ne se sauvaient pas à toutes jambes par les coulisses mais je vis aussitôt que ce n'était pas possible car des légions de fanatiques avaient bloqué les sorties des deux côtés et avançaient en rangs serrés, piétinant les instruments, renversant les pupitres, sans cesser d'applaudir et de vociférer en un vacarme si monstrueux qu'il se mettait à ressembler à du silence. Un gros bonhomme, clarinette en main, passa devant moi en courant et je fus tenté de l'attraper au passage ou de lui faire un croc-en-jambe pour le livrer, lui aussi, au public. J'y renonçai, et une dame à visage jaunâtre et grand décolleté où galopaient des escadrons de perles me lança un regard haineux et scandalisé au moment où elle empoigna le clarinettiste qui poussa un faible cri en essayant de protéger son instrument. Il fallut deux hommes pour le lui enlever et le musicien ne put faire autrement que de se laisser emporter du côté du parterre où la mêlée battait son plein. Les cris, à présent, dominaient nettement les applaudissements, les gens étant trop occupés à embrasser les musiciens pour pouvoir applaudir, de sorte que le ton du vacarme virait à l'aigu, rompu de temps en temps par de véritables hurlements dont certains me semblèrent teintés de douleur, nuance reconnaissable entre toutes, et je me demandais si dans tous ces sauts et toutes ces courses quelqu'un ne s'était pas rompu bras et jambes, puis, à mon tour, je repartis à fond de train vers le parterre, à présent que la scène était vide et que les musiciens étaient définitivement la proie de leurs admirateurs lesquels les emportaient dans les directions les plus diverses, qui vers les loges où l'on devinait mouvements divers et nouveaux essors, qui vers les étroits couloirs latéraux menant au foyer. Mais c'était des loges que partaient les cris les plus désespérés, comme si les musiciens, incapables de résister à la pression et à la suffocation de tant d'embrassades, réclamaient désespérément de l'air. Les gens du parterre s'agglutinaient devant les loges de corbeille et quand je me mis à courir entre les rangées de fauteuils pour mieux voir, la mêlée me parut être à son comble. Les lumières baissèrent brusquement et il ne resta plus qu'une lueur rougeâtre qui permettait à peine de distinguer les visages tandis que les corps devenaient des ombres épileptiques, un amoncellement de volumes informes qui essayaient de se confondre les uns dans les autres ou de se libérer. Je crus un instant apercevoir la tête argentée du Maître dans une loge près de moi mais elle disparut instantanément comme si on l'eût fait tomber à genoux. J'entendis à mes côtés un cri bref et rauque et je vis Mme Jonathan et l'une des petites Epifania se ruer vers la loge du Maître (car j'étais sûr à présent que le Maître était là, entouré par la femme en rouge et ses acolytes). Avec une agilité incroyable, Mme Jonathan mit un pied sur les mains croisées de la petite Epifania qui lui faisait la courte échelle et plongea tête la première à l'intérieur de la loge. La petite Epifania, m'ayant reconnu, me cria quelque chose, que j'aille l'aider, sans doute, mais je m'en gardai bien et restai à bonne distance, peu disposé à disputer leur acquis à des individus rendus fous d'enthousiasme et qui se battaient à grands coups dans les côtes. Cayo Rodríguez, qui s'était distingué sur scène par son acharnement à précipiter les musiciens dans la salle, venait de recevoir un coup de poing sur le nez et il titubait, le visage en sang. Je n'eus pas la moindre pitié pour lui, pas plus que pour l'aveugle qui se traînait à quatre pattes par terre, se heurtant aux fauteuils, perdu dans cette forêt symétrique qui n'offrait aucun point de repère. Plus rien ne m'importait d'ailleurs si ce n'était de savoir quand les cris cesseraient car des cris pénétrants continuaient de sortir des loges et le public du parterre répétait ces cris infatigablement et les reprenait en chœur tandis que chacun essayait de déloger l'autre des bonnes places. Les promenoirs devaient être toujours pleins à craquer car les premières lignes se trouvaient devant les loges où l'assaut final se donnait comme venait de le faire Mme Jonathan. Je voyais tout cela, je m'en rendais parfaitement compte, mais en même temps je n'avais pas la moindre envie de me joindre au délire général, et mon indifférence, de ce fait, me causait une étrange impression de culpabilité comme si ma conduite était, en fin de compte, le vrai scandale de la soirée. Je m'assis dans une des rangées désertes, je laissai passer les minutes, enregistrant passivement le decrescendo progressif de l'immense clameur désespérée, l'affaiblissement des cris qui finirent par s'éteindre, la retraite confuse et bourdonnante d'une partie du public. Quand il me sembla qu'on pouvait se risquer dehors, j'empruntai l'allée centrale et poussai jusqu'au foyer. Quelques individus y erraient avec des gestes d'ivrognes, l'un s'essuyant les mains avec son mouchoir, l'autre défroissant son habit, le troisième réajustant son col. Des femmes fouillaient fébrilement dans leur sac à la recherche d'un miroir. L'une devait s'être fait mal car il y avait du sang sur son mouchoir. Les petites Epifania passèrent en courant ; elles avaient l'air furieux de n'avoir pu atteindre les loges et me regardèrent comme si c'était ma faute. Je les laissai prendre de l'avance puis je me dirigeai vers l'escalier de sortie et juste à ce moment-là je vis apparaître la femme en rouge et son fidèle cortège. Les hommes, comme auparavant, la suivaient mais en cherchant cette fois à se dissimuler les uns derrière les autres pour cacher le désordre de leurs vêtements. La femme, elle, marchait fièrement en tête, avec un regard hautain, et quand elle arriva près de moi je vis qu'elle passait sa langue sur ses lèvres, lentement, d'un air gourmand, elle passait sa langue sur ses lèvres et elle souriait.

La nuit face au ciel

Et, à certaines époques, ils allaient chasser l'ennemi : on appelait cela la guerre fleurie.

Au milieu du long couloir de l'hôtel il pensa qu'il devait être tard et il pressa le pas pour aller prendre sa moto dans l'encoignure où le concierge d'à côté lui permettait de la ranger. À la bijouterie du coin il vit qu'il était neuf heures moins dix, il arriverait largement en avance là où il allait. Le soleil s'infiltrait entre les hauts immeubles du centre et lui — car pour lui-même, pour penser, il n'avait pas de nom — il enfourcha sa machine en savourant d'avance la promenade. La moto ronronnait entre ses jambes et un vent frais fouettait son pantalon.

Il vit passer les ministères (le rose, le blanc) et la file des magasins aux brillantes vitrines de la rue centrale. Il abordait à présent la partie la plus agréable du parcours, la véritable promenade : une longue rue, peu passante, bordée d'arbres et de vastes villas qui laissaient descendre jusqu'aux trottoirs leurs jardins à peine bordés de petites haies basses. Un peu distrait peut-être, mais tenant sagement sa droite, il se laissait porter par l'éclat lustré, par la tension légère de ce jour à peine commencé. C'est peut-être cette détente involontaire qui l'empêcha d'éviter l'accident. Quand il vit la femme arrêtée au bord du trottoir s'élancer sur la chaussée malgré le feu vert, il n'était déjà plus maître de ce qui allait arriver. Il freina des deux roues et vira à gauche, il entendit la femme crier, puis, au moment du choc, tout devint noir. Ce fut comme s'il s'était soudainement endormi.

Il revint brusquement à lui. Quatre ou cinq jeunes gens étaient en train de le retirer de sous la moto. Il avait à la bouche un goût de sel et de sang, un genou lui faisait mal et, quand on le releva, il cria parce qu'il ne pouvait supporter le moindre contact sur son bras droit. Des voix qui ne semblaient pas appartenir aux visages flottant au-dessus de lui l'encourageaient en plaisantant et en le rassurant. Sa seule consolation fut de s'entendre dire qu'il était dans son droit en traversant le carrefour. Il demanda des nouvelles de la femme en essayant de vaincre la nausée qui lui montait à la gorge. Tandis qu'on le portait face contre ciel à la pharmacie voisine, on lui apprit que sa victime n'avait que des égratignures aux jambes. « Vous l'avez à peine touchée, mais le choc a projeté la moto de côté… » Avis de chacun, témoignages, doucement, faites-le entrer à reculons, là, c'est bien, et un homme en blouse blanche lui faisant boire quelque chose qui le calma dans la pénombre d'une petite pharmacie de quartier.

L'ambulance de la police arriva cinq minutes après et on l'installa sur un brancard moelleux où il put s'allonger à son aise. Parfaitement lucide tout en sachant qu'il était sous l'effet d'un choc terrible, il donna son adresse à l'agent qui était auprès de lui. Son bras ne lui faisait presque plus mal, d'une coupure qu'il avait au sourcil, du sang s'écoulait sur tout son visage, une ou deux fois il passa la langue sur ses lèvres pour le boire. Il se sentait bien, c'était un accident, une malchance, quelques semaines de repos et il n'y paraîtrait plus. L'agent lui dit que la motocyclette n'avait pas l'air très abîmée. « C'est pas étonnant, répondit-il, elle m'est tombée dessus. » Ils rirent tous les deux et l'agent lui tendit la main en arrivant à l'hôpital et lui souhaita bonne chance. La nausée revenait peu à peu tandis qu'on l'emmenait sur un chariot vers un pavillon du fond et qu'il passait sous des arbres pleins d'oiseaux ; il ferma les yeux et souhaita être endormi ou chloroformé. Mais on le garda longtemps dans une pièce qui sentait l'hôpital pour remplir une fiche, le déshabiller et lui mettre une chemise grisâtre et rude. On remuait son bras avec précaution, sans lui faire mal. Les infirmières ne cessaient de plaisanter, et, sans les crampes d'estomac, il se serait senti très bien, presque content.

On le passa à la radio et, vingt minutes après, la plaque encore humide posée sur la poitrine comme une dalle noire, on le conduisit dans la salle d'opération. Un homme tout en blanc, grand et mince, s'approcha de lui et se mit à examiner la radiographie. Des mains de femme arrangeaient sa tête commodément, il sentit qu'on l'installait sur une autre civière. L'homme en blanc s'approcha de lui à nouveau, en souriant, il tenait à la main quelque chose qui brillait. Il lui tapota la joue et fit signe à quelqu'un qui était derrière lui.

C'était un rêve curieux, car il était rempli d'odeurs et lui ne rêvait jamais d'odeurs. D'abord une exhalaison de marais puisque à gauche de la chaussée s'étendaient les marécages, les bourbiers d'où personne ne revenait. Mais l'odeur disparut et fit place à un parfum complexe, sombre comme la nuit où il se mouvait, poursuivi par les Aztèques. Et cela lui semblait tout naturel ; il fallait fuir les Aztèques qui faisaient la chasse à l'homme et sa seule chance était de pouvoir se cacher au plus épais de la forêt en ayant soin de ne pas s'écarter de l'étroite chaussée qu'eux, les Motèques, étaient les seuls à connaître.

Mais sa plus grande torture c'était cette odeur, comme si, malgré sa totale acceptation du rêve, quelque chose en lui se révoltait contre cette intrusion inhabituelle qui, jusque-là, n'avait pas fait partie du jeu. « Ça sent la guerre », pensa-t-il, et il toucha instinctivement le poignard de pierre passé dans sa ceinture de laine tressée. Un bruit inattendu le fit se baisser et il attendit immobile, tremblant. Avoir peur n'était pas une chose insolite, la peur revenait souvent dans ses rêves. Il attendit, caché par les branches d'un arbuste et la nuit sans étoiles. Très loin, sans doute de l'autre côté du grand lac, des feux de bivouac devaient brûler ; une lueur rougeâtre teignait le ciel, là-bas. Le bruit ne se renouvela pas. Une branche cassée peut-être, un animal qui fuyait comme lui l'odeur de la guerre. Il se redressa lentement, flairant le vent. On n'entendait plus rien, mais la peur demeurait, comme l'odeur, encens douceâtre de la guerre fleurie. Il fallait poursuivre sa route, gagner le cœur de la forêt, en évitant les marécages. Il fit quelques pas à tâtons, en se baissant à chaque instant pour toucher le sol dur de la chaussée. Il aurait voulu courir à toutes jambes, mais les sables mouvants palpitaient près de lui. Il reprit lentement sa marche en suivant le sentier dans les ténèbres. Soudain il reçut en pleine figure une bouffée de cette odeur horrible qu'il redoutait plus que tout, et il fit un bond désespéré en avant.

— Vous allez tomber du lit, dit le malade d'à côté, ne vous démenez pas tant, l'ami.

Il ouvrit les yeux, il était tard, le soleil était déjà bas à travers les baies vitrées de la longue salle. Il essaya de sourire à son voisin tandis qu'il se détachait, presque physiquement, des dernières images du rêve. Son bras, plâtré, était suspendu à un appareil muni de poulies et de poids. Il avait soif, comme s'il avait couru pendant des kilomètres, mais on ne voulait pas lui donner beaucoup d'eau, à peine de quoi mouiller ses lèvres et avaler une gorgée. La fièvre l'envahissait lentement et il aurait pu se rendormir, mais il savourait le plaisir de demeurer éveillé, les yeux mi-clos, écoutant les conversations des autres malades, répondant de temps en temps à une question. Il vit arriver une table roulante blanche qu'on poussa à côté de son lit. Une infirmière blonde frotta avec de l'alcool le haut de sa cuisse et y enfonça une grosse aiguille reliée par un tuyau à un flacon, rempli d'un liquide opalin. Un jeune médecin vint ajuster un appareil de métal et de cuir à son bras valide pour vérifier quelque chose. La nuit tombait et la fièvre l'entraînait mollement vers un état où les choses avaient un relief semblable à celui que donnent les jumelles de théâtre, elles étaient réelles et douces, et aussi légèrement répugnantes ; un peu comme un film ennuyeux mais on sait que dans la rue c'est encore pire alors on reste.

On lui apporta une tasse d'un merveilleux bouillon d'or qui sentait le poireau, le céleri et le persil. On y émietta petit à petit un morceau de pain plus précieux que tout un banquet. Le bras ne lui faisait plus mal ; parfois seulement, un coup de lancette chaud et rapide zébrait le sourcil où on avait fait quelques points de suture. Quand les baies vitrées face à son lit devinrent des taches bleu sombre, il pensa qu'il allait s'endormir facilement. Pas très à son aise sur le dos. Mais en passant sa langue sur ses lèvres sèches et brûlantes, il sentit le goût du bouillon et il s'abandonna au sommeil en soupirant de bonheur.

Ce fut d'abord un état confus, un rappel à soi de toutes les sensations pour l'instant émoussées ou fondues ensemble.

Il comprenait qu'il courait dans une obscurité profonde, bien qu'au-dessus du ciel traversé de cimes d'arbres il fît un peu moins noir. « La chaussée, pensa-t-il, je ne suis plus sur la chaussée. » Ses pieds s'enfonçaient dans un matelas de feuilles et de boue et, dès qu'il faisait un pas, des branches d'arbustes lui fouettaient le torse et les jambes. Haletant, se sentant perdu malgré les ténèbres et le silence, il se baissa pour écouter. La chaussée était peut-être tout près, il allait la revoir aux premières lueurs du jour, mais rien à présent ne pouvait l'aider à la retrouver. La main qui serrait sans qu'il s'en rendît compte le manche du poignard grimpa comme le scorpion des marécages jusqu'à son cou où était suspendue l'amulette protectrice. Remuant à peine les lèvres il murmura la prière du maïs qui amène les lunes heureuses, et la supplication à la Très Haute, dispensatrice des biens motèques. Mais il sentait en même temps que ses chevilles s'enfonçaient dans la boue, lentement, et l'attente dans les ténèbres de ce fourré inconnu devenait insupportable. La guerre fleurie avait commencé avec la nouvelle lune et elle durait déjà depuis trois jours et trois nuits. S'il parvenait à gagner le cœur de la forêt, au-delà de la région des marécages, peut-être les guerriers aztèques perdraient-ils sa trace. Il pensa aux nombreux prisonniers qu'ils avaient déjà dû faire. Mais la quantité importait peu, seul comptait le temps sacré. La chasse continuerait jusqu'à ce que les prêtres donnent le signal du retour. Tout acte portait en soi un chiffre et une fin prévus d'avance et il était, lui, à l'intérieur de ce temps sacré, face aux chasseurs.

Il entendit des cris et se dressa d'un bond, le poignard à la main. Le ciel parut s'incendier à l'horizon, il vit les torches bouger entre les branches, tout près. L'odeur de la guerre était insupportable et, lorsque le premier ennemi lui sauta dessus, il éprouva presque du plaisir à lui plonger sa dague de pierre dans la poitrine. Les lumières l'entouraient déjà, les cris joyeux. Il fendit l'air une ou deux fois encore, puis une corde l'attrapa par-derrière.

— C'est la fièvre, dit son voisin de lit. J'ai eu des cauchemars comme vous quand on m'a opéré du duodénum. Buvez un peu d'eau et vous dormirez mieux, vous verrez.

Après la nuit d'où il revenait, la pénombre tiède de la salle lui parut délicieuse. Une lampe violette veillait en haut du mur du fond comme un œil protecteur. On entendait tousser, respirer fortement, parfois un dialogue à voix basse. Tout était agréable, rassurant, sans cette poursuite, sans… Mais il ne fallait plus penser au cauchemar ; il pouvait se distraire avec tant d'autres choses. Il se mit à examiner le plâtre de son bras, les poulies qui si commodément le soutenaient en l'air. On avait mis une bouteille d'eau minérale sur la table de nuit. Il but au goulot, avidement. Il distinguait maintenant les formes dans la salle, les trente lits, les armoires vitrées. La fièvre devait avoir baissé, il se sentait le visage plus frais, le sourcil ne lui faisait presque plus mal, à peine un souvenir. Il se revit, au moment où il sortait de l'hôtel, où il prenait la moto. Qui aurait pu penser que cela finirait ainsi ? Il essaya de se rappeler le moment de l'accident et il dut s'avouer avec rage qu'il y avait là comme un trou, un vide qu'il n'arriverait pas à combler. Entre le choc et le moment où on l'avait relevé, un évanouissement, ou quoi que ce soit d'autre, qui l'empêchait de faire le point. Et il avait en même temps la sensation que ce trou, ce rien, avait duré une éternité. Non, ce n'était même pas du temps, plutôt comme si, dans ce trou, il était passé à travers quelque chose, ou avait parcouru des distances fabuleuses. Le choc, le coup brutal contre le pavé. Il avait éprouvé ensuite une espèce de soulagement en sortant du puits noir, pendant que les hommes le relevaient. Malgré la douleur du bras cassé, malgré le sang du sourcil, la contusion du genou, malgré tout cela, un soulagement de revenir au jour et de se sentir aidé, secouru. C'était étrange. Il interrogerait à l'occasion le médecin du bureau. Maintenant, le sommeil le gagnait de nouveau, l'attirait lentement vers le fond. L'oreiller était si moelleux et, dans sa gorge enfiévrée, la fraîcheur de l'eau minérale. Il pourrait peut-être se reposer vraiment, sans ces maudits cauchemars. En haut, la lumière violette de la lampe s'éteignait peu à peu.

Comme il s'était endormi sur le dos, la position dans laquelle il se retrouva ne le surprit pas ; ce fut une odeur d'humidité, de pierre qui suintait qui le saisit à la gorge et l'obligea à reprendre tout à fait conscience. Inutile d'ouvrir les yeux et de regarder autour de lui, il était plongé dans la plus complète obscurité. Il voulut se lever et il sentit des cordes à ses poignets et à ses chevilles. Il était maintenu au sol sur de grandes dalles glacées et humides. Le froid gagnait son dos nu, ses jambes. Tant bien que mal il chercha du menton son amulette à son cou, et il comprit qu'on la lui avait arrachée. Il était perdu cette fois, aucune prière ne pouvait le sauver de ce qui l'attendait. Il entendit au loin le bruit des tambours de la fête qui semblait s'infiltrer entre les pierres du cachot. On l'avait enfermé dans le Teocalli, il était dans les prisons du temple et il attendait son tour.

Il entendit crier, un cri rauque qui ricocha sur les murs. Un autre cri, s'achevant en une plainte. C'était lui qui criait dans les ténèbres, il criait parce qu'il était vivant ; tout son corps se défendait par ce cri contre ce qui allait venir, contre la fin inévitable. Il pensa à ses compagnons entassés dans d'autres cachots, et à ceux qui gravissaient déjà les marches du sacrifice. Il poussa un autre cri, étouffé celui-là ; il ne pouvait presque plus ouvrir la bouche, ses mâchoires étaient collées comme si elles avaient été de caoutchouc et n'avaient pu s'ouvrir que lentement, en un effort interminable. Le grincement des verrous le secoua comme un coup de fouet. Il se débattit follement, essayant de se dégager des cordes qui s'enfonçaient dans sa chair. C'était surtout son bras droit, le plus fort, qui luttait, mais quand la douleur devint insupportable il fut bien obligé de céder. Il vit s'ouvrir la porte à double battant et l'odeur des torches lui parvint avant leur clarté. Ceints du pagne rituel, les acolytes des prêtres s'approchèrent de lui en le regardant avec mépris. Les lumières se reflétaient sur les torses couverts de sueur, sur les cheveux noirs piqués de plumes. Les cordes cédèrent et il se sentit saisi par des mains chaudes, dures comme du bronze ; on le souleva, toujours face contre le ciel, et on l'emporta le long du couloir. Les porteurs de torches marchaient les premiers, éclairant vaguement le passage aux murs humides et à la voûte si basse que les servants du prêtre devaient baisser la tête. On l'emmenait maintenant, on l'emmenait, c'était la fin. Face contre ciel, à un mètre du plafond taillé à même le roc, et qui s'illuminait par instants d'un reflet de torche. Quand, à la place du plafond, surgiraient les étoiles et se dresserait devant lui le grand escalier incendié de cris et de danses, ce serait la fin. Le couloir était interminable, il prendrait fin cependant et l'odeur du plein air criblé d'étoiles le frapperait soudain au visage ; mais pas encore, on le portait toujours, en le secouant, en le brutalisant, le long de cette interminable pénombre rouge. Tout son être se révoltait mais comment empêcher l'inévitable puisqu'on lui avait arraché son amulette, son cœur véritable, le centre même de sa vie.

Il se retrouva d'un bond dans la nuit de l'hôpital, sous le doux plafond élevé, dans l'ombre paisible qui l'entourait. Il se dit qu'il avait dû crier mais ses voisins dormaient dans un profond silence. Sur la table de nuit, la bouteille ressemblait à une bulle, à une image transparente contre l'ombre bleutée des fenêtres. Il respira profondément pour délivrer ses poumons, pour chasser ces images qui étaient toujours collées à ses paupières. Chaque fois qu'il fermait les yeux il les voyait se reformer instantanément et il se redressait, épouvanté, tout en savourant le plaisir de savoir qu'il était éveillé à présent, que la veille le protégeait, qu'il allait bientôt faire jour et qu'il se rendormirait du bon sommeil profond du matin, sans images ni rien... Il avait du mal à garder les yeux ouverts, l'assoupissement le gagnait malgré lui. Il fit un dernier effort, de sa main valide il ébaucha un geste vers la bouteille d'eau ; il ne put l'atteindre, ses doigts se refermèrent sur un vide noir à nouveau et le couloir continuait, interminable, roc après roc, avec de soudaines lueurs rougeâtres, et lui, face contre ciel, il gémit sourdement, parce que la voûte allait prendre fin, elle montait, elle s'ouvrait comme une bouche d'ombre, les acolytes se redressaient et une lune en croissant tomba du haut du ciel sur son visage, sur ses yeux qui ne voulaient pas la voir, qui se fermaient et se rouvraient désespérément pour essayer de passer de l'autre côté, pour essayer de revoir encore le plafond protecteur de la salle d'hôpital. Mais toutes les fois qu'il ouvrait les yeux c'était de nouveau la nuit et la lune, on le portait le long d'un escalier, la tête renversée en arrière, et là-haut il y avait les bûchers, les rouges colonnes de fumée aromatique, et tout à coup il vit la pierre rouge, brillante de sang frais qui ruisselait, et le va-et-vient des pieds du sacrifié que l'on traînait par terre jusqu'à l'escalier nord où on le ferait rouler. Dans un ultime espoir, il serra très fort ses paupières et s'efforça en gémissant de se réveiller. Il crut, le temps d'une seconde, qu'il y parviendrait, car il était à nouveau immobile, sur son lit, l'affreux balancement, tête en arrière, avait cessé. Mais il sentait l'odeur de la mort et quand il ouvrit les yeux il vit le sacrificateur couvert de sang qui venait vers lui, le couteau de pierre à la main. Il réussit à fermer encore une fois les yeux, mais il savait maintenant qu'il n'allait plus se réveiller, qu'il était éveillé, que le rêve merveilleux c'était l'autre, absurde comme tous les rêves ; un rêve dans lequel il avait parcouru, à califourchon sur un énorme insecte de métal qui bourdonnait entre ses jambes, les étranges avenues d'une ville étonnante où des lumières vertes et rouges brûlaient sans flammes ni fumée. Et dans le mensonge infini de ce rêve, quelqu'un aussi s'était approché de lui un couteau à la main, de lui qui gisait face au ciel, les yeux fermés, face au ciel parmi les bûchers.

Les poisons	9
La porte condamnée	39
Les ménades	57
La nuit face au ciel (*traduit en collaboration avec Roger Caillois*)	85

DÉCOUVREZ LES FOLIO 2 €

Parutions de mai 2009

Karen BLIXEN — *Saison à Copenhague*
Une magnifique et bouleversante histoire d'amour

Julio CORTÁZAR — *La porte condamnée et autres nouvelles fantastiques*
Lorsque la banalité du quotidien prend soudain une dimension aussi inattendue qu'inquiétante, Julio Cortázar nous fait basculer dans son étonnant univers.

Mircea ELIADE — *Incognito à Buchenwald... suivi de Adieu !...*
Mircea Eliade, dans ces deux fables étonnantes, entraîne le lecteur à travers une réflexion sur la vie, le temps et la mort.

Romain GARY — *Les trésors de la mer Rouge*
De Djibouti au Yémen, Romain Gary sillonne les terres brûlées et hostiles pour en rapporter un témoignage d'une rare force.

Aldous HUXLEY — *Le jeune Archimède précédé de Les Claxton*
Aldous Huxley fait preuve d'un humour et d'une humanité qui placent ces deux nouvelles parmi les plus belles pages de l'auteur du *Meilleur des mondes*.

Régis JAUFFRET — *Ce que c'est que l'amour et autres microfictions*
Près de quarante textes très courts, d'une grande force, pour découvrir le fourmillement de la vie selon Régis Jauffret.

Joseph KESSEL — *Une balle perdue*
Une magnifique histoire d'amitié et d'honneur sur fond de révolte par l'auteur du *Lion*.

LIE-TSEU — *Sur le destin et autres textes*
L'un des textes les plus importants du taoïsme, des conseils pour une vie harmonieuse.

Junichirô TANIZAKI — *Le pont flottant des songes*
Un somptueux éloge de la maternité et une réflexion sur l'image de la femme.

Oscar WILDE — *Le portrait de Mr. W. H.*
Passionné par le mystère de Mr. W. H., Oscar Wilde se lance dans une enquête érudite et troublante sur le monde du théâtre élisabéthain.

Dans la même collection

M. D'AGOULT	*Premières années* (Folio n° 4875)
R. AKUTAGAWA	*Rashômon* et autres contes (Folio n° 3931)
AMARU	*La Centurie. Poèmes amoureux de l'Inde ancienne* (Folio n° 4549)
P. AMINE	*Petit éloge de la colère* (Folio n° 4786)
M. AMIS	*L'état de l'Angleterre* précédé de *Nouvelle carrière* (Folio n° 3865)
H. C. ANDERSEN	*L'elfe de la rose* et autres contes du jardin (Folio n° 4192)
ANONYME	*Ma'rûf le savetier* (Folio n° 4317)
ANONYME	*Le poisson de jade et l'épingle au phénix* (Folio n° 3961)
ANONYME	*Saga de Gísli Súrsson* (Folio n° 4098)
G. APOLLINAIRE	*Les Exploits d'un jeune don Juan* (Folio n° 3757)
ARAGON	*Le collaborateur* et autres nouvelles (Folio n° 3618)
I. ASIMOV	*Mortelle est la nuit* précédé de *Chante-cloche* (Folio n° 4039)
S. AUDEGUY	*Petit éloge de la douceur* (Folio n° 4618)
AUGUSTIN (SAINT)	*La Création du monde et le Temps* suivi de *Le Ciel et la Terre* (Folio n° 4322)

MADAME D'AULNOY	*La Princesse Belle Étoile et le prince Chéri* (Folio n° 4709)
J. AUSTEN	*Lady Susan* (Folio n° 4396)
H. DE BALZAC	*L'Auberge rouge* (Folio n° 4106)
H. DE BALZAC	*Les dangers de l'inconduite* (Folio n° 4441)
É. BARILLÉ	*Petit éloge du sensible* (Folio n° 4787)
J. BARNES	*À jamais* et autres nouvelles (Folio n° 4839)
S. DE BEAUVOIR	*La Femme indépendante* (Folio n° 4669)
T. BENACQUISTA	*La boîte noire* et autres nouvelles (Folio n° 3619)
K. BLIXEN	*L'éternelle histoire* (Folio n° 3692)
BOILEAU-NARCEJAC	*Au bois dormant* (Folio n° 4387)
M. BOULGAKOV	*Endiablade* (Folio n° 3962)
R. BRADBURY	*Meurtres en douceur* et autres nouvelles (Folio n° 4143)
L. BROWN	*92 jours* (Folio n° 3866)
S. BRUSSOLO	*Trajets et itinéraires de l'oubli* (Folio n° 3786)
J. M. CAIN	*Faux en écritures* (Folio n° 3787)
MADAME CAMPAN	*Mémoires sur la vie privée de Marie-Antoinette* (Folio n° 4519)
A. CAMUS	*Jonas ou l'artiste au travail* suivi de *La pierre qui pousse* (Folio n° 3788)
A. CAMUS	*L'été* (Folio n° 4388)
T. CAPOTE	*Cercueils sur mesure* (Folio n° 3621)
T. CAPOTE	*Monsieur Maléfique* et autres nouvelles (Folio n° 4099)
A. CARPENTIER	*Les élus* et autres nouvelles (Folio n° 3963)
M. DE CERVANTÈS	*La petite gitane* (Folio n° 4273)

R. CHANDLER	*Un mordu* (Folio n° 3926)
I. DE CHARRIÈRE	*Sir Walter Finch et son fils William* (Folio n° 4708)
J. CHEEVER	*Une Américaine instruite* précédé de *Adieu, mon frère* (Folio n° 4840)
G. K. CHESTERTON	*Trois enquêtes du Père Brown* (Folio n° 4275)
E. M. CIORAN	*Ébauches de vertige* (Folio n° 4100)
COLLECTIF	*Au bonheur de lire* (Folio n° 4040)
COLLECTIF	*« Dansons autour du chaudron »* (Folio n° 4274)
COLLECTIF	*Des mots à la bouche* (Folio n° 3927)
COLLECTIF	*« Il pleut des étoiles »* (Folio n° 3864)
COLLECTIF	*« Leurs yeux se rencontrèrent... »* (Folio n° 3785)
COLLECTIF	*« Ma chère Maman... »* (Folio n° 3701)
COLLECTIF	*« Mon cher Papa... »* (Folio n° 4550)
COLLECTIF	*« Mourir pour toi »* (Folio n° 4191)
COLLECTIF	*« Parce que c'était lui ; parce que c'était moi »* (Folio n° 4097)
COLLECTIF	*« Que je vous aime, que je t'aime ! »* (Folio n° 4841)
COLLECTIF	*Sur le zinc* (Folio n° 4781)
COLLECTIF	*Un ange passe* (Folio n° 3964)
COLLECTIF	*1, 2, 3... bonheur !* (Folio n° 4442)
CONFUCIUS	*Les Entretiens* (Folio n° 4145)
J. CONRAD	*Jeunesse* (Folio n° 3743)
J. CONRAD	*Le retour* (Folio n° 4737)
B. CONSTANT	*Le Cahier rouge* (Folio n° 4639)

J. CORTÁZAR	*L'homme à l'affût* (Folio n° 3693)
J. CRUMLEY	*Tout le monde peut écrire une chanson triste* et autres nouvelles (Folio n° 4443)
D. DAENINCKX	*Ceinture rouge* précédé de *Corvée de bois* (Folio n° 4146)
D. DAENINCKX	*Leurre de vérité* et autres nouvelles (Folio n° 3632)
D. DAENINCKX	*Petit éloge des faits divers* (Folio n° 4788)
R. DAHL	*Gelée royale* précédé de *William et Mary* (Folio n° 4041)
R. DAHL	*L'invité* (Folio n° 3694)
R. DAHL	*Le chien de Claude* (Folio n° 4738)
S. DALI	*Les moustaches radar (1955-1960)* (Folio n° 4101)
M. DÉON	*Une affiche bleue et blanche* et autres nouvelles (Folio n° 3754)
R. DEPESTRE	*L'œillet ensorcelé* et autres nouvelles (Folio n° 4318)
R. DETAMBEL	*Petit éloge de la peau* (Folio n° 4482)
P. K. DICK	*Ce que disent les morts* (Folio n° 4389)
D. DIDEROT	*Lettre sur les aveugles à l'usage de ceux qui voient* (Folio n° 4042)
F. DOSTOÏEVSKI	*La femme d'un autre et le mari sous le lit* (Folio n° 4739)
R. DUBILLARD	*Confession d'un fumeur de tabac français* (Folio n° 3965)
A. DUMAS	*La Dame pâle* (Folio n° 4390)
I. EBERHARDT	*Amours nomades* (Folio n° 4710)
M. EMBARECK	*Le temps des citrons* (Folio n° 4596)
S. ENDO	*Le dernier souper* et autres nouvelles (Folio n° 3867)

ÉPICTÈTE	*De la liberté* précédé de *De la profession de Cynique* (Folio n° 4193)
W. FAULKNER	*Le Caïd* et autres nouvelles (Folio n° 4147)
W. FAULKNER	*Une rose pour Emily* et autres nouvelles (Folio n° 3758)
C. FÉREY	*Petit éloge de l'excès* (Folio n° 4483)
F. S. FITZGERALD	*L'étrange histoire de Benjamin Button* suivi de *La lie du bonheur* (Folio n° 4782)
F. S. FITZGERALD	*La Sorcière rousse* précédé de *La coupe de cristal taillé* (Folio n° 3622)
F. S. FITZGERALD	*Une vie parfaite* suivi de *L'accordeur* (Folio n° 4276)
É. FOTTORINO	*Petit éloge de la bicyclette* (Folio n° 4619)
C. FUENTES	*Apollon et les putains* (Folio n° 3928)
C. FUENTES	*La Desdichada* (Folio n° 4640)
GANDHI	*La voie de la non-violence* (Folio n° 4148)
R. GARY	*Une page d'histoire* et autres nouvelles (Folio n° 3753)
MADAME DE GENLIS	*La Femme auteur* (Folio n° 4520)
A. GIDE	*Souvenirs de la cour d'assises* (Folio n° 4842)
J. GIONO	*Arcadie... Arcadie...* précédé de *La pierre* (Folio n° 3623)
J. GIONO	*Notes sur l'affaire Dominici* suivi de *Essai sur le caractère des personnages* (Folio n° 4843)
J. GIONO	*Prélude de Pan* et autres nouvelles (Folio n° 4277)
V. GOBY	*Petit éloge des grandes villes* (Folio n° 4620)

N. GOGOL	*Une terrible vengeance* (Folio n° 4395)
W. GOLDING	*L'envoyé extraordinaire* (Folio n° 4445)
W. GOMBROWICZ	*Le festin chez la comtesse Fritouille* et autres nouvelles (Folio n° 3789)
H. GUIBERT	*La chair fraîche* et autres textes (Folio n° 3755)
E. HEMINGWAY	*L'étrange contrée* (Folio n° 3790)
E. HEMINGWAY	*Histoire naturelle des morts* et autres nouvelles (Folio n° 4194)
E. HEMINGWAY	*La capitale du monde* suivi de *L'heure triomphale de Francis Macomber* (Folio n° 4740)
C. HIMES	*Le fantôme de Rufus Jones* et autres nouvelles (Folio n° 4102)
E. T. A. HOFFMANN	*Le Vase d'or* (Folio n° 3791)
J.-K. HUYSMANS	*Sac au dos* suivi de *À vau l'eau* (Folio n° 4551)
P. ISTRATI	*Mes départs* (Folio n° 4195)
H. JAMES	*Daisy Miller* (Folio n° 3624)
H. JAMES	*Le menteur* (Folio n° 4319)
JI YUN	*Des nouvelles de l'au-delà* (Folio n° 4326)
T. JONQUET	*La folle aventure des Bleus...* suivi de *DRH* (Folio n° 3966)
F. KAFKA	*Lettre au père* (Folio n° 3625)
J. KEROUAC	*Le vagabond américain en voie de disparition* précédé de *Grand voyage en Europe* (Folio n° 3694)
J. KESSEL	*Makhno et sa juive* (Folio n° 3626)
R. KIPLING	*La marque de la Bête* et autres nouvelles (Folio n° 3753)
N. KUPERMAN	*Petit éloge de la haine* (Folio n° 4789)

Composition Nord Compo
Impression Novoprint
à Barcelone, le 9 avril 2009
Dépôt légal : avril 2009

ISBN 978-2-07-035864-9./Imprimé en Espagne.

160268